中外文学比较研究

任紫菡 著

云南出版集团　云南美术出版社

图书在版编目（CIP）数据

中外文学比较研究 / 任紫菡著. -- 昆明 ： 云南美
术出版社，2020.5
ISBN 978-7-5489-4064-7

Ⅰ．①中… Ⅱ．①任… Ⅲ．①比较文学－文学研究－
中国、国外 Ⅳ．①I0-03

中国版本图书馆 CIP 数据核字(2020)第 079423 号

出 版 人：李 维 刘大伟
责任编辑：台 文 陈铭阳
责任校对：郑涵匀
封面设计：瑞天书刊

中外文学比较研究

作 者 任紫菡 著
出版发行 云南出版集团
云南美术出版社
地 址 环城西路609号24-25楼
印 装 北京军迪印刷有限责任公司
开 本 710 mm×1000 mm 1/16
印 张 7.5
版 次 2020年5月第1版
印 次 2021年3月第1次印刷
印 数 1～1000册
书 号 ISBN 978-7-5489-4064-7
定 价 80.00元

前　言

　　一百多年来，中国比较文学从早期艰难的起步到中期的沉寂，再到后期的复兴与迅速发展壮大，既显示了跨文化的中西比较文学在东西方文化剧烈碰撞中的艰难与曲折，更日益展示出其文化沟通与整合的强大文化功能。中国比较文学的发展，其根基是建立在中西方文化剧烈碰撞、交流与对话的基础之上的，认识到这一点至为关键。因为这是我们正确认识和评价并进一步展望中国比较文学研究的根本立足点，是制定我们 21 世纪长期的研究战略和指导中国比较文学进一步深入发展的基本立场。

　　本书将跨文化的文学比较研究作为基本的立足点。这种跨文化，主要指异质文化的跨越，这既是世界比较文学发展第三阶段的重要特征，也是中国比较文学研究的基本立足点和学科理论特征。当今世界是一个多元文化并存、多元文化对话与交融的世界，因而，跨越东西方文化——文明圈的跨文化比较文学研究，是 21 世纪中国比较文学乃至整个世界比较文学的主流。在 21 世纪，我们应当努力促成文化多元化时代的到来，因为人类文化史常常提示我们，世界文化的高峰，往往是在文化大交汇，尤其是在异质文化大交汇处产生的。跨文化的比较文学研究，正是促进多元文化融汇的一个最佳方式和途径。

　　本书在编写过程中参考借鉴了一些专家学者研究成果和资料，在此特向他们表示感谢。由于编写时间仓促，编写水平有限，不足之处在所难免，恳请专家和广大读者提出宝贵意见，予以批评指正，以便改进。

目　录

第一章　绪　论

　　一百多年来，中国比较文学从早期艰难的起步到中期的沉寂，再到后期的复兴与迅速发展壮大，既显示了跨文化的中西比较文学在东西方文化剧烈碰撞中的艰难与曲折，更日益展示出其文化沟通与整合的强大文化功能。中国比较文学的发展，其根基是建立在中西方文化剧烈碰撞、交流与对话的基础之上的，认识到这一点至为关键。因为这是我们正确认识和评价并进一步展望中国比较文学研究的根本立足点，是制定我们 21 世纪长期的研究战略和指导中国比较文学进一步深入发展的基本立场。

　　中国近现代比较文学的兴起，具有自发性，其根本驱动力在于中西文化的碰撞。从 1904 年王国维发表《〈红楼梦〉评论》到 1908 年鲁迅在《摩罗诗力说》中倡导"比较既周，爰生自觉"。我们不难发现这样一个基本特征：早期中国比较文学的产生，主要起因于中西文化的撞击与交汇，而不是受西方比较文学学科的影响。众所周知，法国第一个比较文学讲座设立于 1897 年（戴克斯特，里昂）；第一部全面阐述法国学派观点的著作，即梵第根的《比较文学论》1931 年才出版。事实上，西方比较文学刚刚在西方兴起之时，王国维的《〈红楼梦〉评论》和《人间词话》已经出版，鲁迅已在《摩罗诗力说》中倡导并实践了"比较既周，爰生自觉"。而那时候，美国比较文学创始人之一威勒克才满五岁，法国比较文学泰斗艾金伯勒才刚刚出生。因此，我认为，中国比较文学的产生，具有自发性特征，并有其内在的驱动力。这种驱动力在于：中国比较文学是在近代中西方文化的激烈碰撞中诞生的，从她呱呱坠地之日起，便带着中西文化碰撞的胎记。她的发展，是伴随着中华民族的救亡图存，伴随着中西文化论战，伴随着社会政治文化改良运动而发展的。因而，中国学者的比较意识，不是"记文化功劳簿"、斤斤计较文学"外贸"的法国式的文化沙文主义（或法国中心），也不是美国式的非民族化的"世界主义"，而是面对中西文化激烈碰撞的文化焦虑，是寻求中国文化发展新途径的企求，这种焦虑和企求，最终演化为中西文化大论战。这种文化论战又大大强化了中西跨文化比较意识，大批学者企图在中西文化碰撞之中寻求中西文学互比、互释、互补、沟通、融汇，乃至重构文学观念。显然，中西文化碰撞与冲突，直接导致和决定了中国比较文学的产生和发展，这是中国比较文学合乎逻辑的发展轨迹。

"告诸往而知来者"，中国比较文学今后走向何方？我们可以肯定地说："跨文化研究"，或者说着眼于在中西文化冲突、对话与交流的跨越东西方文化的比较文学研究，仍将是中国比较文学发展的必由之路。不过，今天的中国已不同于 20 世纪初的中国，这最大的不同，就在于新一轮东西方文化冲突的兴起。与 20 世纪初西风猛烈，横扫东方文化之况相比较而言，今天的东西方文化的新较量，已经悄然开始。国内有学者指出：今天毕竟不同于 20 世纪初。"五四"时期"打倒孔家店"，以西学取代中学的情形，在今天已经不可能再现，恰恰相反，随着世界文化的转型，非西方文化大有东山再起的复兴之势。亚洲四小龙经济上的成功，激起了人们对儒家文化的信念。海外新儒学的兴起，国内对民族文化的寻根与反思，这一切无不显示了一种与"五四"相左的学人努力："21 世纪的中国文化将从中华文化传统的母床里获得再生。"作为学术泰斗的季羡林先生，曾提出石破天惊的预言："到了下一个世纪，东方文化之光必将普照世界，这就是我们的信念。"与此同时，美国学者亨廷顿提醒西方学者注意东方文化的重新崛起："一方面，西方正处于权力高峰，但与此同时，又可以看到非西方文化正出现回归根源的现象。冷战结束后，国际政治运动迈出西方阶段，重心转到西方与非西方文明以及非西方文明彼此之间的作用上。

在涉及文明的政治中，非西方文明不再是西方殖民主义下的历史客体，而像西方一样成为推动、塑造历史的力量。"无论我们是否同意以上学者的看法，但无法否认今天由于非西方文化的崛起而产生的新一轮文化较量的兴起。这种兴起，必将对 21 世纪比较文学产生重大的甚至是决定性的影响。这种影响，将直接把比较文学推上"跨文化"（跨越东西方异质文化）这一新阶段；比较文学将承担起东西方异质文化之间的文化对话、文化沟通和文化交融的神圣使命。

亨廷顿曾预言东西方文明的剧烈冲突将导致"第三次世界大战"，这种耸人听闻之言，我们不能赞同。但从某种意义上说，跨文化的比较文学研究恰恰可以通过东西方异质文化的对话与交流，起到加强相互理解、缓解文化冲突的巨大作用。这样说来，21 世纪的跨文化比较文学研究，还是一支在东西方文化冲突中维护世界和平的力量：它将是东西方多元文化和谐共生、互相理解的通道、异质文化互相沟通的桥梁。西方有识之士已开始认识到跨越东西文化比较文学的价值和意义；美国著名学者厄尔·迈勒（Earl Miner）写出了跨越东西方文化比较的《比较诗学》以研究实绩打破了西方中心论；意大利比较文学家阿尔蒙多·尼希（ArmandoGnisci）提出了"作为非殖民化学科的比较文学"，倡导一种革命性的西方文化的自我批评，主张西方文化必须深刻反省，并和其他文化相协作来实现比较文学的发展；美国比较文学协会会长伯恩海姆也明智地提出"放弃欧洲中心论，将目光转向全球"。可见，比较文学"跨文化"（跨越东西方异质文化）研究的兴起，乃时势使然，并非某位学者或某国学者的一厢情愿。

可以预见，跨越东西方文化/文明圈的跨文化比较文学研究，是 21 世纪中国比较文学乃至整个世界比较文学研究的主潮。21 世纪，我们不但不必担心所谓将导致"第三次世界大战"的文化/文明冲突，而且我们应当欢迎多元文化时代的到来，因为人类文化史常常提示我们，世界文化的高峰，往往是在文化大交汇，尤其是在异质文化大交汇处产生。在这多元文化碰撞与融通的文化大交汇中，"跨文化"的比较文学研究必将登上一个更加辉煌的高峰！

自 20 世纪 70 年代开始，中国比较文学研究的迅速崛起，为开拓比较文学的领域尤其是东西方文学的跨文化比较做出了实绩。这种跨越东西方异质文化的比较文学研究，将全世界比较文学引向了一个更加广阔的领域，为比较文学拓展了更加宽广的视界，将比较文学导向了又一个新的历史阶段。在这一阶段，中国学术界正在探索并建构跨越东西方异质文化的比较文学学科理论新体系。台、港学者对跨越东西方文化"模子"的比较文学研究和对比较文学"中国学派"的探索，已迈开了比较文学新的学科理论建设的步伐。近年来中国学者对比较文学中国学派基本理论特征——"跨文化（跨越东西方异质文化）研究"的提出及其方法论体系轮廓的初步勾勒更进一步奠定了学科理论建设的坚实基础。可以说，全世界比较文学正面临着一个重大的战略性转变，新的比较文学学科理论正如旭日般冉冉升起，这是一个更加广阔的视界。也正是这种重大的战略性转变，促使了所谓比较文学"危机"的产生。

早在20世纪50年代，比较文学研究就曾出现过严峻的"危机"，而恰恰是那次"危机"，导致了当时比较文学研究的重大转机与重大突破，产生了比较文学美国学派及其所倡导的"平行研究"方法，将全球比较文学研究推向了一个崭新的阶段。

反观今日中国比较文学界，在学科研究内容和方法论方面，也已呈现茫然和困惑之现象。再看当今世界比较文学界，由于研究领域的不断扩展，原有的学科理论已经不能适应新的发展，比较文学学科理论日益趋向不确定，甚至有人认为根本不用确定，或不屑确定。这种失去学科理论的茫然、困惑，这种不能确定或不屑确定学科理论的消解态度，必然将比较文学导向严峻的学科危机。国际上已有学者公然声称：

"比较文学在某种意义上已经死亡""比较文学作为一门学科已经过时"。如果说威勒克称1958年的"危机"为"一潭死水"的话，那么，我们目前的学科理论和方法论则堪称"一头雾水"。辨不清方向，不知何去何从的现状，导致了当前全球性的比较文学的新危机。

比较文学真的死亡了吗？比较文学作为一门学科真的已经过时了吗？事实上，我们不难发现，国际上四年一度的比较文学大会，一次比一次兴盛；中国的比较文学研究也越来越红火，并日益走向专门化、正规化和学科化。事实胜于雄辩，学界客观事实告诉我们，比较文学不但没有死亡，而且日益显示出极为旺盛的生命力。

既然比较文学在实践中仍保持着旺盛的生命力，那么为什么会走向理论上的"危机"呢？这正是我们必须回答的基本问题。

近年来，国际比较文学研究的一个基本倾向，就是走向"泛文化"，其突出的表现是1994年于加拿大埃德蒙顿召开的国际比较文学协会第14届大会上，学者们已明显地意识到，文学研究有被文化淹没的危险。有学者明确指出："第14届国际比较文学学会年会给人最深的总体印象就是文学研究被文化研究所'淹没'。似乎前不久因概念的定义界说而引发的'比较文学的危机'，现在又以新的形式第二次悄然降临了。"正是在国际比较文学研究日益走向文化研究的学术背景下，有学者公开打出了泛文化的旗帜，主张比较文学走向比较文化。美国比较文学学会会长伯恩海姆主持了一个题为《跨世纪的比较文学》学科现状报告，对比较文学的发展方向提出两点建议：第一，应放弃欧洲中心论，将目光转向全球；第二，研究中心应由文学转向文化。该报告随即引起了学术界的激烈论战。美国康奈尔大学比较文学系主任、著名学者乔纳森·卡勒认为，如果将比较文学扩大为全球文化研究，就会面临着其自身身份的又一次危机。因为"照此发展下去，比较文学的学科范围将会大得无所不包"。显然，当一个学科发展到几乎"无所不包"之时，它也就在这无所不包之中泯灭了自身。既然什么研究都是比较文学，那比较文学就什么都不是。从这个意义上来说，我们前面所引苏珊·芭丝尼尔关于"比较文学已经死亡""比较文学作为一门学科已经过时"的断言，似乎并非空穴来风。比较文学的"泛文化"化，必然导致比较文学学科的危机，甚至导致比较文学学科的消亡。因此我认为，比较文学的"泛文化"化，是比较文学研究的歧途。

然而，当我做出这一断言之时，并不意味着否定比较文化。比较文学必然要与比较文化联姻，不过，这种联姻，是以文化研究深化比较文学，而不是以比较文化取代比较文学。怎样通过比较文化来深化比较文学研究呢？我的主张就是"跨文化"研究，尤其是跨越东西方异质文化的研究，这将是比较文学研究从危机走向转机的一次重大突破，是全球比较文学研究的一次意义深远的战略性转移。

第二章　中外神话比较

第一节　神话的保存与流传

一、保存

保存是指神话得以保护和留存后世的方式、方法，有动态保存、静态保存、隐性保存、显性保存四种。

神话产生的初始年代，是人类有了语言而还没有文字的年代。它在初期的保存，仅能存在于人的脑袋中，用语言传给需要传达的人。这种方法，称之为动态保存。这种传达有两种：一种是前任祭司（多数还兼做酋长）传达给继任祭司；一种是祭司在各种仪式中传达给普通百姓。对前者，能知其详，后者则仅知其略。而且，这种传达，其内涵会随时间推移而产生变化。于是，神话中便会出现很多神秘性的话语。例如：在苏美尔神话《提亚玛特创造天地》中说："阿卜苏（淡水）和提亚玛特（咸水）这两种原初自然之力交合生下孪生的兄妹拉哈穆和拉赫穆。他俩的躯体是水质而无脚，在蜿蜒爬行中生下原始男性安莎尔（天涯）和原始女性吉莎尔（地极）两神为天地形成之始。"用我们今天带自然科学的眼光看，这是苏美尔人在描述他们居住的河海交合处的地理环境。而且，他们把这一局部环境当作了整个宇宙。他们是用直觉去考察，以拟人化去描述的，并且还告知整个部落的每个成员把它奉为保护自己的神圣经典。这就是作为原始宗教的神话。这种动态保存方式，可称之为宗教性动态保存。印度的吠陀神话始初也是由一代代祭司互相口头传达而保存下来的，这是最初的神话保存手段。

　　神话的文学化和艺术化归功于吟游诗人。当社会发展至部落联盟阶段的时候，神话的保密性逐渐淡薄了，而且从单个的独立神话形成体系神话以后，许多神话故事公开化了，社会上的分工也逐渐精细了。有些神话故事由于祭祀需要演化成了诗歌体的神话，甚至配上音乐。部分神话便成了有趣味的带欣赏性的故事。而且，由于部落与部落之间的神话又产生了交流，一种专司吟唱神话故事的民间艺人就出现了。人们称这些艺人为吟游诗人，许多著名的神话故事都是由这些吟游诗人保存下来，并且流传开去。希腊的很多神话故事都是由吟游诗人代代相传而保存下来的。中国古代的瞽矇也是在宫廷演唱神话和民间故事的艺人，不过他们不是流动的。这种保存方式，我们可以称之为艺术性动态保存，它是动态保存的后期发展形式。这时，宗教性动态保存因宗教需要依然同时存在。

　　当人类有了文字以后，神话除了口头传达之外，还可以写成文字保存下来，即静态保存。如古埃及的一些神话，以象形文字刻于调色板上；或刻于金字塔的铭文中得以保存下来。当书吏出现后，一些神话则保存于用草纸制成的书卷中。由于刻于或写于载体上的神话是不会演化的，故称之为静态保存。西亚的大多数神话因刻在泥板上而保存至今，波斯的《阿维斯塔》则保存于羊皮卷。中国神话由甲骨文保存的甚少，有些刻于崖画、器皿或用漆写于竹简。这些静态的保存载体，能准确地保留神话的原始内涵而不会因时代变迁而产生变化，并且从这些载体的发现处所和记述内容获得多视角的考察效果。例如：我们从金字塔铭文中，除文本的内涵外，还可获得从历史学、宗教学、社会发展等方面的视角考察效果。又例如：我们读《山海经》时，不但知道一些中国神话内涵，还有古代中国地理内涵，中国古代风俗内涵等。

　　神话的隐性保存是指隐去具体的神话框架结构，而把其中的深层内涵留存下来的保存形式。它有两个类别。一曰元符（这点是我目前能够阐述的还不十分精确的概念，然而，它确实存在而且对世界各文化圈的发展进程影响极为深远），是指每一个民族在他们诞生神话的时代，都会因他们的生存环境、发展历程不断作用于其思维系统，并由此产生一个共同理解的符号。这个符号在民族的发展过程中能代表他们的文化特征，而且，这个民族的神话的深层意识都包含在这个符号中，还对这个民族文化的发展产生深远的影响。也就是说，每个民族的神话都会形聚成一个元符并隐藏在这个民族的每一个成员的头脑中世代相传,这种元符的内涵还会扩展至每一个文化圈,但又难以超越至另一个文化圈。

二、流传

流传是文学发展史研究的重要方面。文学的发展很多方面是从作品的流传去体现出来的。然而,流传的起因、过程、结果都包含了多种因素,因此,我们必须采取多角度去分析。而且,神话的流传,由于其年代久远并兼有追溯文学源头的内容,所以,展开这方面的研究更应细心,并要实事求是。

首先,谈谈流传的起因,它有社会的和文化的两方面。

社会方面的流传起因又可分为强制性的和自然性的两种。强制性的流传起因在氏族公社时代和部落联盟时代,氏族(或民族)内部的统治阶层变迁或部落联盟的盟主变迁时,统治者会强迫别的阶层或别的部落接纳他们的守护神神话。例如:古埃及的太阳神(主神)神话曾产生多次易名,就是因新的统治者上台后就强制别的阶层、别的部落接纳他们的守护神为太阳神所致。太阳神阿图姆神话是埃及人还在自然崇拜时代产生的神话。到了第三王朝孟斐斯成了埃及盟主时,强迫整个联盟接纳孟斐斯的守护神普塔赫为太阳神,并把普塔赫神话的内容添进去。到了第四王朝末年,赫利奥波利斯的祭司们扶助其酋长成为第五王朝盟主,于是,古埃及的太阳神又改名为"拉"。自然性流传的起因,是两个相邻民族的文化发展程度差异引起或因两种文化有互补作用引起的。前者如阿卡德接受苏美尔神话和古罗马接受古希腊神话,后者如中国古代接受印度的佛教神话而把老子学说改为道教。但要说明的是:神话流传的社会起因是比较复杂的。有些神话的流传演变,不能单纯归纳为强制性或自然性而要具体分析。例如:阿卡德神话流传演变为巴比伦神话的过程,既有自然性,也有强制性的因素。阿卡德和巴比伦同属闪族的两个不同分支,使用近似的语言,并且都使用楔形文字为语言的载体,其原始宗教信仰都有接受苏美尔人的原始宗教的因素。因此,自然性的流传因素是存在的。然而,当巴比伦王国建立后,社会形态已由城邦联盟向国家形式过渡。因此,那些带有社会性的神话,出于宣传君权神授的观念,便加以强制性的改造。例如,把《提阿玛特造天地》改为《马尔都克杀提阿玛特造天地》，而恩利尔的天王位置也由马尔都克接替，恩利尔成了马尔都克的代表，而其性格也添了不少缺点与糊涂之处。经过这样强制性的改造，巴比伦王朝的君权神授论就有了"依据"。后世，自然地采用文化发展水平较高、流传较广的民族创世神话，添进了自己的民族主神为主角加以改造，便成了多个国家起源神话的订立模式。亚述的国家起源神话又是以马尔都克神话为基础，添进了亚述的守护神亚舒尔为主角，描述亚舒尔和马尔都克相抗衡的故事，以显示亚述王是神授的君权。

文化方面的流传起因：可分为宗教的、道德伦理的两种。

1.神话的宗教信仰流传起因。在上古时代，一切神话都带有宗教因素，它可以是自然崇拜的反映，也可以是原始宗教的某种仪式的反映。它的产生与流传和宗教的产生与流传有密切的关系。埃及的奥西里斯神话的流传和赫利奥波利斯神学的建立与推广有密切关系。在公元前3000多年，奥西里斯只是尼罗河三角洲杰都地区的守护神，知道他的故事之人不多。在第三王朝，孟斐斯神学建立时，还没有把他列入三联神的神话体系中；到了第五王朝，赫利奥波利斯的九联神话体系建立后，他成为九联神之一，其故事从单纯是自然力的化身——死而复生的故事之外，添进了在冥间"真理殿堂"主持审判这种反映社会正义的故事。后来，赫利奥波利斯神学成了中王国时期的主要神学。因而，信仰奥西里斯的人群逐渐增多。凭借人们希望死后获得一个安适的来世生活环境的冀望，死者的亲属都在《亡灵书》上写上他的神话，他的祭祀仪式也越来越隆重，甚至法老们死后都祈望自己能成为奥西里斯的弟子。有些法老还自称为奥西里斯在人间的化身，描写奥西里斯的诗歌与戏剧也逐渐多了。所以，奥西里斯神话的传播带有浓厚的宗教因素。

2.神话的道德伦理信仰流传起因。马克思称赞古希腊的神话人物普罗米修斯为"最高尚的圣者和殉道者"。人们历来都把普罗米修斯作为人类无私无畏地献身的高尚道德的化身。古希腊的悲剧之父埃斯库罗斯为纪念他写了《普罗米修斯三部曲》，后世的欧洲作家如卡里德朗、伏尔泰、赫尔德、拜伦、雪莱、歌德、雷列耶夫等都把普罗米修斯作为人类的高尚道德伦理典范来创作他们的作品。音乐家贝多芬、斯克里亚宾、李斯特等都曾写过赞颂普罗米修斯的乐曲。所以，普罗米修斯神话的流传，道德伦理起因是重要的。

神话流传过程的分析，可分为两部分：流传过程的组合步骤与流传过程的分类。

流传过程的组合步骤，指从传出者到达接纳者这一过程中产生的若干演变阶段。

任何一种神话在流传的过程中都不会一丝不变地在不同民族、不同时代的接纳者的口中或笔下再次传出来。不同的社会因素、不同的生活环境、不同的文化传统都会支配接纳者把传入的神话加以改造。这种改造，大致有认同、辨异、选择、消化、融合五步。现在，笔者以"洪水故事"的流传演变为实例，谈谈这五步过程产生的作用。

认同，指外来文化与主体文化初始产生接触时，在互相碰撞过程中产生的一种文化适应机制。如果外来文化与主体的民族潜意识在基质上有对应部位，它们就会形成映射关系或产生功能上相契合而形成的互补关系，这就是认同作用。"建方舟以避洪水"型的神话，始发点是苏美尔神话，它传至阿卡德，再传巴比伦，三传希伯来，希腊、印度神话中有它的变形。也就是说，这些民族对洪水灾祸都有畏惧思想，都有祈望用"避"的办法去躲过灾难。因此，这些民族对"建方舟以避洪水"型的神话都有认同的基础。再考察中国神话，在苗族、瑶族的神话中有"伏羲兄妹坐葫芦渡过洪水"的类似神话，而汉族的上古神话中却没有这类神话，只有女娲、鲧、禹以"治"法来制服洪水的故事。也就是说，汉民族的集体潜意识中没有"避"的概念，只有"治"的概念，因而没有对"建方舟以避洪水"型神话的认同基础（汉朝以后，葫芦神话也在某些汉族聚居区传播，但它不是先秦时代的上古神话）。我们还必须说明，产生认同只是在传播与接受过程中的第一步。接受的还多为浅表层次的东西，仅能摄取其表象，还不能触及其本质。而且，这只是在量变方面开始容纳一些外来因素。

当认同作用达到某种程度的深化时，主体文化的防御机制便会起作用而对外来文化的传入因素辨异。辨异，是指本体文化与外来文化接触后，经过一段互相交流，接受者在产生认同之后，又逐渐感到外来文化在某些方面和自己的文化传统有本质上的差异，于是有意识地以此相互比照，竭力突出其差异之处，并且以自己的设想修改这种差异，以求把两种文化区别开来。辨异又分为民族性辨异和时代性辨异两类。前者如阿卡德的洪水神话在接纳苏美尔神话时，只因语言不同，改主角济乌苏德拉为阿特拉哈西恩，主要情节结构没有改动。其主旨都是神祇们因在诸神大会时争吵，便意气用事地叫司怒气之神发洪水而导致人类被淹。在神话中，人类是无辜的受害者，作者没有同情（更没有肯定和赞颂）神祇的行为。两种神话都是在自然崇拜时期人对自然灾害感觉无能为力的看法。在巴比伦人接受阿卡德的洪水神话时，便有部分本质上的改动。如添进了"雪立伯城有人忤逆神旨，触怒了大神恩利尔，于是召开诸神大会决定发洪水，会议中，水神埃亚（伊亚）反对"。在巴比伦神话中，发洪水的原因变了：人类中的一部分—雪立伯城中有人反对神旨。这反映了部落联盟中部落之间的矛盾。作者的观点是：人类中某些人有罪，因此引起神祇发洪水而导致人类整体受害。这是时代改变而增加的内容，是经过时代性的辨异而添进去的，不过只是部分质变。

由巴比伦洪水神话演变为希伯来的《诺亚方舟》故事，则产生了整体的质变。神话产生整体质变时，其主题、结构、人物形象等都会有质的更改。因此，其流传过程，还需要进行选择、消化、融合这三个步骤。在主题方面，巴比伦神话仅指雪立伯城有人忤逆神旨，而不是指整个人类，这一观点和希伯来人要树立上帝耶和华的绝对权威和人类有原罪的观点是不同的。苏美尔——巴比伦神话中，发洪水是经过诸神大会做出决定，这又和希伯来人要建立一神教的宗旨格格不入。然而，希伯来人又认为，洪水故事已在西亚地区广泛传播，"有人忤逆神旨而遭洪水灾祸"，这一点也可利用。这种既有认同，又有从本质上的排斥的步骤就是进行质改的选择步骤。"选择"是带有强烈的主观能动性的。主体文化的执行者需要在旧有的多种文化模式与文化因子中进行选择，以建立新的文化因子与文化模式。为了适应犹太人的一神教的建立，于是希伯来人一方面接纳了"洪水故事"这一模式，又把发洪水与通知人类建方舟这两项原本是对立双方做的事，改变为上帝耶和华一个人去做，以便符合当时的犹太民族意识。这就是消化。消化是指把外来文化因子经过改造使之与主体文化传统做初步组合。至于融合，则是指某一作品经过改造后，纳入主体文化体系组成部分的过程。如《诺亚方舟》故事和《上帝六天创造世界》《伊甸园》等希伯来民族的创世神话。

神话对文艺理论的影响。古希腊时代，柏拉图与亚里士多德就针锋相对地阐述神话对文学的影响，柏拉图是否定派，亚里士多德是赞颂派，这种模式一直延至 19 世纪。20 世纪瑞士心理学家荣格更深入地阐述了以神话为例的"集体无意识"概念。加拿大的文学批评家弗莱则更进一步提出了"原型批评"的主张。

第二节　各文化圈神话概述

一、古代中国神话

中国古代的文化中心在公元前 1400 年以前（古人类第二世代文明之前）并不是长期固定的。"古代中国文化圈的这种多元性和不固定状态，使其文化最终形成了有利于传播并同化的'中庸性格'，但却难以在早期形成宗教、神话上比较单一的系统。"中国古代没有一部宗教经典或神话传说的完整汇编。中国上古神话散载于《山海经》《淮南子》《穆天子传》《庄子》《神异经》等书中。

从现存资料看，中国上古神话的主题内容比较集中于灾难、救世、文化超人等方面，而在创世神话等方面，仅遗有较少资料，而关于人类起源的记载出现也甚晚。

盘古创世神话。根据公元前 3 世纪时的一个文本，中国远古神祇中从来名不见经传的"盘古"，取代"女娲"而一跃成为宇宙的开辟者。

天地混沌如鸡子，盘古生其中，万八千岁。天地开辟，阳清为天，阴浊为地。盘古在其中，一日九变，神于天，圣于地。天日高一丈，地日厚一丈，盘古日长一丈，如此万八千岁。天数极高，地数极深，盘古极长。

又说：盘古竭力御世直到他死去，他的头成为山岳，气为风云，他的声音成为雷，四肢成为地的四方，血成为河流，肉成为泥土，胡须成为星宿，皮肤和头发成为草木，他的牙齿、骨和骨髓成为金石和珍宝，他的汗水成为雨，在他身上爬的虫子成为人类。这一神话带有清晰的创世性质，表现出神话讲述者、记录者对宇宙起源问题的强烈兴趣。创世神话体现了古代中国人对宇宙起源、人类自身起源的幼稚思考。

伏羲与女娲。中国上古神话中的最初神祇或人类始祖是伏羲、女娲。关于"女娲"，在《山海经·大荒西经》的记载中说："有神十人，名曰女娲之肠，化为神，处栗广之野，横道而处。"女娲之肠是有神十人，再次化为神，并在"栗广之野"居住下来了。汉代时，女娲被推为"三皇"之一。王逸在《楚辞章句》中写道："女娲人头蛇身，一日七十化。"许慎在《说文解字》中也提到女娲是"古之圣女，化万物者"。可见，女娲从来都不具有宇宙开创者的身份，女娲只是在宇宙业已形成、天地已开辟的情况下，化生万物、炼石补天、抟黄土再造人类、普及文化的"圣女"。尤其是在《淮南子·览冥篇》中，对女娲的事迹有详细介绍。天塌下来，她用五色石把天补好。天柱折了，她断鳌足来顶替。洪水泛滥，她杀黑龙除灾祸之根。洪水过后"禽兽虫蛇，无不匿其爪牙，藏其螫毒，无有攫噬之心"。洪水之后，凶恶的禽兽驯服，人类能安宁和谐发展，是女娲以其行为和品德使自然界的害人家伙服帖和感动。女娲形象体现了以德服人的人文观念。

关于人类起源的神话，有女娲抟黄土造人之说。据《太平御览》卷七八引《风俗通》说："俗说天地开辟，未有人民，女娲抟黄土作人，剧务，力不暇供，乃引绳于泥中，举以为人。故富贵者，黄土人，贫贱凡庸者，乃絚人也。"

女娲的个性：当她补天、治洪、伏兽之后，虽然是名声被后世，光辉熏万物。但她却"宓穆休于太祖之下，不彰其功，不扬其声，隐真人之道，以从天地之固然"。其性格是以"天人合一"的宇宙观为出发点，显示中华民族的勤劳、坚韧、聪颖、谦虚的品格。

伏羲，文化的创立者。"仰则观象于天，俯则观法于地，观鸟兽，与地之宜而作八卦。"

洪水神话。古代的中国人是以"治"法来抗洪水。著名的是鲧、禹的治水神话，记于周初。关于洪水的起因，《淮南子·本经训》上说"舜之时，共工振滔洪水，以薄空桑"。《淮南子·天文训》中又讲"昔者共工与颛顼争为帝，怒而触不周之山，天柱折，地维绝，天倾西北。故日月星辰移焉，地不满东南，故水潦尘埃归焉"。这些描写也说明当时洪水之灾是很严重的。《山海经·海内经》中说："鲧窃帝之息壤以湮洪水，不待帝命，帝令祝融杀鲧于羽郊。鲧复生禹。帝乃命禹卒布土以定九州。"那禹是如何治水的呢？《孟子·滕文公上》中又讲"禹疏九河，瀹济，注诸海，决汝、汉，排淮、泗而注之江，当是时也，禹八年于外，三过其门而不入"。此神话一方面谈到禹专心治水的奉献精神，同时也赞美禹善用智慧，及时吸取用"湮法"的失败教训，改用疏导法获得成功。这一汉民族的洪水神话与其他民族的建方舟躲避洪水有很大区别，"避"是宿命论的靠天、靠神思想，"治"法则反映了"人定胜天"的智慧和力量。

文化神话。西亚、埃及的神话，都把人类文明的建立归功于一位神祇如恩基、奥西里斯，希腊也是归功于普罗米修斯。中国的文化神话则采用"分述法"，燧人氏发明钻木取火；有巢氏则建木为巢；伏羲氏教民结网，观天象，结绳记事，画八卦；神农氏则是教民耕作，尝百草治病；黄帝则是集大成者，并教民建房舍，筑城堡，造指南车；其妃嫘祖教民养蚕缫丝，建立了男耕女织的中国古代的家庭生产模式。

黄帝又是显示汉民族从部落向民族统一过渡的神话人物。经过：①黄帝与炎帝战于阪泉，②黄帝与蚩尤战于琢鹿，③收东、西、南、北四帝而定天下，自立为中土之帝，并赐封四帝于四方。采用"融合式"定天下，这与古埃及、西亚、希腊等用"兼并式""替代式"是不同的。

二、尼罗河流域古埃及神话

公元前 2800 年左右，埃及的第三王朝把王都迁至孟斐斯。孟斐斯的宗教祭司为了提高自己的地位和证明君权神授的观点，便编写了新的创世神话，尊孟斐斯的地方守护神普塔赫为最高创世主，并把日城的地方守护神阿图姆降为普塔赫的代表，普塔赫则登上了太阳神——主神的宝座。并且依据当时各部落在埃及王朝中的地位，把他们各自的守护神编入一个宇宙神话体系之中，并被赋予一定的职能，奉为人类某种活动或某一行业的佑护者。例如：赫尔波利斯地区所奉之神托特，成为书吏和学者的佑护神；喜乌特所奉之神阿努比斯，成为冥世之神；拉托玻利斯所奉的索赫梅特成为女战神。由于国家下面还有一些地区势力互相联结，在埃及神话体系中，出现了若干个神联结在一起的"联神"。如孟斐斯神话体系中的"主三联神"为主神普塔赫，其妻为索赫梅特，其子为奈费尔图姆（莲花）。这是埃及神话体系中最早的三联神。

到了第五王朝，赫利奥波利斯（古埃及语为伊乌努）的祭司，帮助温部落取得埃及王位，于是，为了抗衡孟斐斯神学的影响和适应当时的政治形势，他们把赫利奥波利斯祭司扶植的温部落主神拉，取代了孟斐斯主神普塔赫的位置，并与古老的太阳神阿图姆联结，称为阿图姆·拉。还在古老的创世神话基础上，添了新内容，以适应当时的政治形势。他们认为，努特与该伯又生了奥西里斯、伊西丝、塞特、奈芙蒂斯，于是，以阿图姆·拉为主神，舒和泰芙努特，努特和该伯，奥西里斯和伊西丝，塞特和奈芙蒂斯四对配偶神联结的九联神成为埃及神话中的赫利奥波利斯神学的神话体系。这种神话体系一直维系至第十王朝。

三、苏美尔神话

苏美尔神话是世界文学的重要源头之一。对世界文学发展有重要影响的神话有：《提亚玛特创造天地》《天王恩利尔一家》《英安娜和杜穆济的爱情》《恩基和宁胡尔格萨》《乐园迪尔蒙岛》《洪水故事》等。

《提亚玛特创造天地》是世界文学中最古老的创世神话之一。故事雏形产生于公元前 4000 年左右，其流传时代约于公元前 3500 年。故事写阿卜苏（淡水）和提亚玛特（咸水）这两种原初自然之力交合，生下孪生的兄妹拉哈穆和拉赫穆，两个人的躯体为水质而无脚，在蜿蜒爬行中生下原始男性安莎尔（天涯）和原始女性吉莎尔（地极），两神为天地形成之始，在地平线交合生天神安努（天）和地神阿拉图姆（地），宇宙万物就由这两位神祇制造和组合。

这一神话，是苏美尔人依据他们居住的自然环境——两河流域下游，接近波斯湾这一咸、淡水交界处，通过不自觉的艺术加工而创造出来的，是从自然崇拜向原始宗教过渡的产物。其神祇均为灵性形象，是一种原生态神话，也是世界文学最原始的形式之一。

《英安娜与杜穆济的爱情》中的英安娜在苏美尔语中意为"晨星"，原为乌鲁克的库拉布·扎巴兰的守护神，是苏美尔人心目中最受崇敬的女神。杜穆济原为麦地那（后世为伊斯兰教圣地）守护神，是位英俊的牧羊者。他和英安娜结婚后被女冥王劫往冥府，致使大地上的牧草枯黄，牛羊难以为生。英安娜冒千难万险往冥府救夫。女冥王感其诚，判杜穆济半年留冥府，半年回人间。杜穆济留于冥府时，大地草木凋零，杜穆济回人间时，大地草木葱茏。这是后世文学中流传甚广的"死而复生"的神话原型。后来,这一神话改由一组情歌写成,公元前21世纪前后广泛流行于西亚地区。

《乐园迪尔蒙岛》中的迪尔蒙原是个荒岛,恩基和妻子宁胡尔萨格从天界来这里后,便在岛上挖掘河渠和蓄水泊,请太阳神乌图将大地之水蒸腾降于岛上,森林女神宁胡尔萨格用一系列巫术培育出8种奇异植物,还驯养了家畜。一天,两神从地下瀛海之水搅拌泥土造物时,产生造人之念。便互相看着对方的模样,捏出泥人儿来。泥人还不会活动,两神便吹入自己的气,赋予他们生命,教他们制造犁、锄、造砖盖房屋。这时,他俩生下一子一女,子名塔格图格,女名南舍。后来,恩基不听妻子的劝告,吃了奇异植物而得病,以至大地趋于毁灭,宁胡尔萨格以自己的躯体生产一个宁·提女神(意为肋部之王)以治疗恩基最严重的病痛部位一两肋。宁胡尔萨格全心全意为恩基治病时,曾命其子担任迪尔蒙岛的园丁。后来,塔格图格偷食园中的禁果,被剥夺永生的权利。这就是基督教《圣经》中的伊甸园和伊斯兰教《古兰经》的"乐园"之原型。

《洪水故事》,由于保存的泥板有缺损,苏美尔的洪水神话不完整。大意如下:天界诸神因人间有人不尊敬神便召开大会,决定发洪水淹没大地和毁灭人类。恩基和伊南娜反对这项决定。后来,有神隔墙告诉济乌苏德拉王准备造方舟以避洪水,保存人种与物种。洪水过后,王宰牛、羊感谢太阳神乌图。

苏美尔神话反映的是单个部落向城邦联盟过渡及巩固、繁荣的时代。苏美尔神话提供了从百科全书式的神话向各学术分科过渡的实例,并为世界文学创立了众多有深远影响原型。

四、巴比伦神话

巴比伦人是闪族的另一分支。其神话中有一位绝对威严的主神,比埃及、苏美尔神话的原始性大为减少。两河流域的神界故事比较完整,其中包括宇宙的开创与神族内部决定命运的血腥战斗,洪水传说和人类的再生,女神伊丝达与繁殖之神塔穆斯的恋爱故事等。

巴比伦的创世神话《埃努玛·埃立什》讲述了创造天地、星辰、万物、人类的故事,这则神话是在苏美尔创世神话的基础上改造而成的。把苏美尔的世界神恩利尔的事迹改为马尔都克（Marduk）的事迹。神话说，伊阿之子马尔都克与代表混沌和黑暗的恶魔提亚马特搏斗，杀死了提亚马特，救出众神，被拥立为诸神之王，用恶魔躯体创造出了世界和人类。众神为感谢他，便在天上建立起巴比伦城并为他修建神殿，立他为神。巴比伦人在此神话中表达了对世界和人类起源的解释，同时也为巩固他们在两河流域的统治服务。创世神话中对后世影响较深的是"神族的对立"。神怪与天神的斗争，在希腊和北欧神话中演化成了巨人族（提坦）与诸神的殊死拼搏。

《伊丝达下降冥府》源于苏美尔人的神话故事《英安娜降入冥府》，描写女神伊丝达（Ishtat）赴下界地狱搭救丈夫的故事。种子和植物之神塔穆斯（Tammuz）在阴间地府里受苦役，其妻伊丝达为救出丈夫深入冥府。她历尽艰辛，闯过七道关门，终于到达目的地，结果不仅未救出丈夫，自己也被囚禁。于是大地百草凋零，万木枯萎，欢乐消失了。天神们恐人类灭亡后无人献祭，乃将两神救出。从此，春临大地，草木复苏，人间又充满勃勃生机。神话反映了古巴比伦人对四季变化和草木荣枯的自然奥秘的朴素理解和积极探求。

至于"洪水传说"的故事说，神创造了人类，但后来由于人类得罪了神，天神决定用洪水将人类消灭。只有伊阿告诉给乌塔一纳匹西丁姆（苏美尔"洪水神话"中的是王，这里是平民），预先得知消息，造了船，带上妻儿财物，才免遭其难。人类也才得以生存繁衍下去。它的最大影响是为基督教《圣经》里的诺亚方舟提供了故事基础。

第三节　神话的类型比较

神话大致有创世神话、人类起源神话、洪水神话、文化神话、英雄神话五类。阐述神话体系形成的过程，也是神话比较研究的必不可少的课题。

一、创世神话的比较

创世神话写的虽然是开天辟地的故事，但从各民族的神话发展史看，它不是最早产生的神话，而是神话体系完成时才有的。它描写的虽然是自然现象，但从本质上说，它是社会神话，是原始人类世界观的形象化表现。不同民族所产生的不同世界观，便产生了千姿百态的创世神话。

（一）不同民族有各自不同的阐述物质起因的看法

因为不同民族有各自不同的阐述物质起因的看法，于是便产生了不同的宇宙形成神话。钟敬文教授在《马王堆汉墓帛画的神话意义》中说："关于世界创造的神话，有五个类型。"本文依此说法介绍如下：

1.宇宙制造说。这是人学会制造工具以后，神话也产生了造物主上帝的形象以后才有的观点。波斯的《阿维斯塔》古经说：世界是阿胡拉·玛兹达用火、气、水、土四元素创造出来的。40 天造天穹，55 天造江河，70 天造大地，25 天造植物，25 天造动物，70 天造人类。每创造一项，休息 5 天。希伯来的《圣经·旧约》中耶和华 7 天造世界是仿此而写的。

2.宇宙发展说。这是人们从自己的居住环境实况展开联想，并结合图腾崇拜的传说产生的。例如，日本的淤能棋吕岛形成神话说：天神命令伊邪那岐命、伊邪那美命二神，使之去造成那漂浮着的国土，赐给一枝天之琼矛，二神立在天之浮桥上，放下琼矛去，将海水骨碌骨碌地搅动，提起矛来，从矛上滴下的海水积累而成一岛，即为淤能棋吕岛。

又如：南美的哥伦比亚达吉利族认为，天地间，最初唯有水与一只香鼠，它常在水底寻找食物，口中满含烂泥，它把这些烂泥在一定之处吐出，初为岛，后为大洲。

这类神话，多从住在大河边或海岛上的民族中产生。因为流水会在河岸、海边带来冲积土，这一自然现象提供了他们编神话的信息。

3.宇宙胎生说。这与图腾灵物崇拜有关。南非的本庶民族说，天地万物由大炸生。奥华哈伦卢族则说，天地万物由一棵叫雅达那士卢的树所生。

这类神话是最原始的类别。

4.宇宙变成说。这是原始人看到动物与人的尸体腐烂以后，尸体上生了虫蛆，长出小树等现象，并以此联想。如中国的盘古神话说盘古垂死化身，气为风云，声为雷霆，左眼为日，右眼为月，四肢五体为四极五岳。

北欧神话《埃达》说：神祇们将伊密尔巨人的大尸体滚进无底洞，将他的肉化成大地，血液化成天涯的大海，骨骼成了山脉，长发变树林，头盖骨化为天穹，脑髓造云，眉毛为地与太空的界墙。

宇宙孵化说。指宇宙的混沌状态有如一个蛋，并由此而产生渐变，扩为宇宙。这是一种带有哲理性的比喻，是一个民族已有较高的文明程度才能产生的神话。

（二）不同民族有各自的思维结构

由于不同民族有各自的思维结构，故其宇宙形成结构的侧重点各有各的特征。

1.希腊的创世神话。①以人间社会斗争方式去理解自然现象的变化。如：开俄斯（混沌）生尼克斯（黑夜）和埃瑞波斯（黑暗），后二者推翻了父亲，而生埃式耳（光明）和赫墨拉（白昼）。②认为改变世界的关键力量是"爱"。在埃式耳和赫墨拉统治时，他们叫儿子爱洛斯去创造世界。爱洛斯是小爱神，他先用爱之力创造了海和大地之母——该亚，并给予其柔绿的海、飞鸣的鸟、青翠的树林、游泳的鱼、奔走的兽。于是，该亚便成了世界的第一位主宰。这种注重力量与感情的思维方式是希腊民族特有的活泼而富于生命力的气质所致。后来，这种思维模式影响了整个欧洲的各民族，是欧洲人文主义思想的胚芽。

2.中国的创世神话，注重辩证与生命现象相结合。

《淮南子·精神篇》对混沌初开的情景是这样阐述的。"古未有天地之时，唯象无形，窈窈冥冥，有二神混生，经天营地，于是乃别为阴阳，离为八极。"这是一种辩证思维结构，把宇宙提炼为由阴、阳二气构成的。

这段神话的含义既包含在儒家的《易》中："无极生太极，太极生两仪，两仪生四象，四象生八卦"；也包含在道家所主张的"道生一，一生二，二生三，三生万物"。

中国人的这种有关宇宙的思维结构，有些人以为是不可理解的玄学，其实，是有科学依据的。中国人强调的是宇宙整体结构，阴阳是构成宇宙变化的两种既排斥又融合的因子（气）。八卦象征八种自然现象：乾为天，坤为地，震为雷，艮为山，离为火（太阳），坎为水（月亮），兑为泽，巽为风。它们互相作用便产生各种复杂的自然现象。后来，还把它们引申至社会现象以及中医学上的人体生理、病理现象等。这是中国人特有的辩证思维结构。在当代，一些欧美科学家也对这种思维结构很感兴趣，并认为是有科学依据的。1981年，英国物理学家惠勒来华，就认为"唯象无形"是当代物理学的质朴原理的思维前驱。世界有名的量子物理学家玻尔1937年访问中国时也说："阴阳图是他倡导的并协原理的一个最好标志。"中国科学院自然科学史研究所的董光璧同志认为，八卦有现代数理蕴含其中，除了可作二进制数解、代数解、矩阵解外，还可作组合学解、几何解和群论解。

在盘古神话中提到的："数起于一，立于三，成于五，盛于七，处于九"是以数理化了的生命历程作为事物变化的比喻语。其意是：整个宇宙都是从数与量引起的渐变，然后在一定临界阶段产生质变。既有从小到大的量变，也有起、立、成、盛、处的质变。

3.北欧的创世神话是以"能"的转化为思维结构的重点。

在具体的描绘上，神话以当地环境赖以生存的主要矛盾——冷力与热力的矛盾来描绘创世的主要力量,把它形象化为火焰巨人苏尔体尔和冰巨人伊密尔，并且把人间的善恶与自然力量的变化结合起来，用伊密尔的巨大尸体在荒凉的大地上创造了一个可供人类居住的美好世界。这是北欧人对冰雪融化、春天来临的自然现象神话化。

二、人类起源神话的比较

在世界各民族的神话中，有关人类的起源大致有两种见解。

1. 制造型

制造型又称神造型，认为人是由某位神祇制造的。中国、希腊、希伯来的神话都认为人是由某位神祇用泥土制成的。印第安人的神话则认为人是神用玉米制成的。北欧人认为人类是由大神奥定用榆木和白杨木雕成的。印度神话、希伯来神话还区别了男人与女人在质地方面的区别。印度神话说："在天地开辟时代，大匠到了要创造女人的时候，发现在创造男人时，已把所有的材料都用完了，一点实质也没有了。在这进退两难之际，他用了很深的禅定，禅定以后，他就照下面这样做了：取月的圆，藤的曲，蔓的攀缘，草的颤动，芦苇的纤弱，花蕊的艳丽，叶的轻浮，象鼻的尖细，孔雀的华美，鸳鸯的忠贞，把这许多的物和质混在一起，造成一个女人，然后将她送给男人。"而希伯来神话则说女人是耶和华在亚当睡熟时，抽出他的一支肋骨造成的。

制造型神话的思想依据和特定人群的生活环境与生产发展进程有关。这么多的文明古国的人类起源神话都以泥为人类起源的基质是因为：泥土是人类最早用来塑造各种器皿的材料，陶器是远古时代第一种可以随着人们意愿捏塑的器具，而且，泥土中又可以长出植物来。所以希腊神话说普罗米修斯知道泥土中有神的种子。还有，人们身上肮脏时搓出来的腻垢也很像泥土。在北欧，那里一年中有半年是被冰雪覆盖着的，运用陶土塑造器皿便不那么经常，所以，他们想到的造人材料不是泥土而是木。印第安人的人类起源神话，第一次也是用泥造的，但泥人一遇水就溶化；第二次用木造人，又没有血色；第三次，终于发现玉米能营养人的肌肤、血液，于是便用玉米造人。这种思考，添进了人类的活性，更深入一层了。至于女人的制造，印度神话是把女人的体态、容貌、气质、情感的特征全面而又形象地描述出来。有一点必须指出，这应该是父权制产生以后的神话。希伯来神话也是按女人依靠男人才能生活这种观点写成的。

2. 演变型

演变型又称自然发生型。认为人是由某神或某种生物演变的。演变型的人类起源神话，又可分为感生类与改造类。

（1）感生类

中国的伏羲神话就是一例。《诗含神雾》说，华胥氏踩雷泽中雷神大足印生伏羲。《诗经·生民》写周族始祖后稷的神话也是此类。北美的胡朗斯族人类起源神话说，女神娅天斯迪在天上砍树，不慎跌至下界海中一只乌龟的背上。她受感于乌龟而怀孕，生下威士卡那和祖斯柯哈，后者破开母亲之肋骨出世。女神的尸体成了如今的大地，在其上长出万物，姐弟俩便是人类的始祖。

（2）改造类

澳洲的地耶利族的人类起源神话说：摩那神有一天看见许多黑蜥蜴，觉得这些生物很活泼，便为它修了长长的前爪，改之为手；又添了短短的脚，加了鼻子和嘴唇，样子和神有些相似，但因尾巴太长无法直立行走，于是把尾巴也砍掉了，这就成了"人"。印度的造女人神话也是这一类型。

（3）演变型

演变型的人类起源神话是从人们获得了禽畜繁衍知识和植物生长、开花、结果知识之后，与图腾崇拜的心理因素结合的产物。

人，还有社会性的一面，它和民族文化心理结构有关。下面概括一些著名的古文明民族的人类起源神话中，有关人类社会性方面的民族文化心理结构，并做些比较。

希伯来神话认为：由于人类始祖亚当和夏娃违反了上帝的意旨，偷吃了禁果，因而犯了原罪。于是，人类社会便产生了各种罪恶，并且失去了伊甸园中那种安闲享乐的生活，而要凭劳力与才智去谋生。这是把社会矛盾、社会冲突归结为对上帝"犯有原罪"的宿命观点。

印度神话认为：人类之所以有阶级的不平等现象，是因为他们出生于人类始祖摩奴的不同部位所致。婆罗门（祭司）出生于摩奴之口，故其智慧很高；刹帝利（武士、贵族）出生于摩奴之手，智慧虽比不上婆罗门，但有体力；吠舍（平民）出生于摩奴之腿，不是高贵人种，但能自谋生计；首陀罗（雇工、达毗罗荼人等所谓"贱民"）出生于摩奴脚掌，故地位低下。他们把社会不平等归于"先天的定数"，也是一种宿命。

　　中国神话认为：女娲细心地"抟"黄土而做的人，是"贤知富贵者"，女娲粗心地引绳而"埏"的人，是"贫贱凡庸者"，把人的社会地位归之于女娲造人时的手工艺精、粗。这里没有神的谴责，也不归于"先天的定数"，而是以人的资质做考察点，不过也没有讲出真正原因。

　　我们不能用今天的科学去要求古人，他们已经察觉到人要有社会性，这已是当时的进步。

第三章　中外英雄史诗比较

第一节　英雄史诗的产生及功能

中国古代文论中没有"神话"概念，也没有"史诗"概念。今日所言"史诗"又称"英雄史诗"，译自西文 epic 一词，是古希腊以来的西方文论中的传统术语，指的是：在大范围内描述武士和英雄们的业绩的长篇叙事诗，是多方面的英雄故事，包括神话、传说、民间故事与历史。

现代西方文论将史诗作为文学体裁的一种，又可划分出两种基本类型。

原生史诗。即口耳相传于民间的集体创作之史诗，也包括由某一个或多个文人加工整理过的民间史诗。

派生史诗。即由文人创作的史诗，未经口头流传的阶段，一开始就写成文本形式。

原生史诗的代表有《吉尔伽美什》《伊利亚特》《奥德修纪》《罗摩衍那》《摩诃婆罗多》《贝奥武甫》《卡勒瓦拉》《格萨尔》《江格尔》《玛纳斯》《黑白之战》等。派生史诗以古罗马诗人维吉尔创作的《埃涅阿斯纪》（又译《伊尼德》）为首，包括卢卡努斯的《法尔萨利亚》（又称《内战记》）、作者不详的《罗兰之歌》、塔索的《被解放的耶路撒冷》、弥尔顿的《失乐园》《复乐园》、维克多·雨果的《历代传说》等。此外，史诗概念还有一种广义的理解，泛指所有历史题材明确的叙事文学，包括诗体的与散文体的叙事作品。按照这种宽泛的理解，如列夫·托尔斯泰的历史小说《战争与和平》亦被看作是史诗类作品。同样的道理，中国文学中的《三国演义》《水浒传》，乃至《创业史》《白鹿原》等亦被冠以史诗的美称，其修辞意味超过了文类划分的意义。

英雄史诗在西方学术发展史上获得重要的理论价值是从 18 世纪意大利哲学家维柯（Vico）开始的。他在《新科学》这部旨在建立与自然科学相对的人文科学体系的划时代著作中，提出"诗性智慧"的概念和"发现真正的荷马"的理论命题，将英雄史诗作为人类各民族历史上继神话时代之后一个时代的表征，维柯用"英雄时代"来称呼这个时代，后人至今沿用不衰。这就使史诗的概念走出了文学的范围，获得了某种人类学和文化史的意义。

第二节　西亚与中国的上古史诗

从亚里士多德的时代以来，人们一直把古希腊的《荷马史诗》奉为英雄史诗的鼻祖和楷模。19世纪70年代的一次考古发现把埋藏了2600多年的巴比伦史诗《吉尔伽美什》重新展现于世，使西方学者的世界文学史观为之一变。

《吉尔伽美什》共有3000多行，于公元前19世纪用楔形文字刻写在泥板上，曾被认为是世界上出现的"第一部史诗"。20世纪的考古学又发现了公元前3000年的苏美尔文明，在这个早于巴比伦的西亚古文明遗迹中，人们看到了楔形文字的起源，找到了比巴比伦史诗早1000年的历史文献和文学作品，其中的苏美尔王表上有吉尔伽美什的名字，可见史诗的主人公是以历史上真实存在的国王为原型的。在苏美尔作品中有六部较短的史诗均与吉尔伽美什有关，它们是《吉尔伽美什与阿伽》《吉尔伽美什与生物之国》《吉尔伽美什和天牛》《吉尔伽美什之死》《洪水》《吉尔伽美什、恩启都和地下世界》。从比较中可知，这些公元前3000年的短史诗正是巴比伦的《吉尔伽美什》大史诗的前身，巴比伦人把各自独立的苏美尔作品的情节综合起来，改编成一部首尾连贯的英雄故事。

中国素以"诗的国度"著称于世，但从文学分类上看，中国古典诗歌中抒情诗占有极大比重，而叙事诗却很不发达。与此相应的是，中国的叙事文学的成熟形式（如小说、戏剧）是在民族文化发展的较晚时期才在外来文学的影响下（主要是印度的佛教文学）繁荣起来的。使中外学者感到意外的是，汉民族是世界上保存历史文献最丰富的民族，恰恰也是没有留下长篇史诗的民族，除了《诗经·大雅》中某些歌颂周族始祖降生和创业建邦的短叙事诗外，汉民族更早的祖先是否创造过规模较大的英雄史诗，还是一个有待研究的问题。

我们认为，从世界范围看，英雄史诗产生的土壤是民族的流动迁徙与文化的撞击与冲突，定居的农业文明则不利于史诗题材的发生。中国自商代以来就建立了发达的农业文明，在此以前产生的华夏族史诗因未能得到及时记录而逐渐散佚，只是作为片断的神话传说见诸后世，如炎黄大战、后羿射日除妖等。鉴于这种情况，我们可以从跨文化的比较出发，以重见天日的巴比伦史诗为参照，将中国神话中最伟大的英雄后羿的生平故事重新构拟为相对完整的史诗轮廓。

对中国后羿史诗与巴比伦史诗的比较还启示我们：被认为是自古封闭的华夏文明早在远古就同西亚文明建立了文化上的联系，深入地考察这一联系意味着打破传统的偏见，将以汉武帝通西域为起点的中西文化交流史上溯到三四千年以前。

第三节　印欧上古史诗

印欧语系民族自上古世界传留至今的完整的英雄史诗主要有四部，即古希腊的《伊利亚特》和《奥德修纪》，古印度的《摩诃婆罗多》和《罗摩衍那》。值得注意的是，希腊史诗和印度史诗虽然产生在差异很大的社会背景中，但由于语言和种族方面的亲缘关系（同属欧罗巴人种印度地中海类型），多少表现出某些共同的特征。比如，《摩诃婆罗多》和《伊利亚特》都发源于一场远古大战的历史传说，颂扬战争中的尚武英雄；《罗摩衍那》和《奥德修纪》均描写英雄历险的故事——突出男主人公的道德和智慧与女主人公的忠贞。再比如，从叙述轮廓上看，《伊利亚特》和《罗摩衍那》又有结构上的类似：为了夺回一个被劫持的女人而跨海远征，攻打敌城。这一类似被西方学者视为典型的印欧文学主题。

晚近的比较宗教学研究在上古印欧文化领域取得了很大进展，法国学者迪缪塞尔（Georges Dumezil，1898——1986，又译杜梅兹尔）为印欧文学的类似母题提出了系统理论模型——三功能结构说。杜氏对印度、伊朗、日耳曼、古希腊、古罗马及北欧等印欧语系各族神话、史诗和宗教的比较研究得出结论说，印欧语系民族的神话系统表现出普遍的思维结构——"三元体系"，其根源在于共同的社会结构。神界主要由主神、战神、丰产神构成三元体系，与现实社会中的祭司、武士、生产者三个主要阶层相对应，并分别体现上古印欧社会的三种社会分工之功能：宗教王权、防卫、生产福利。《新大英百科全书》中《史诗》一文的作者写道：这三个基本原则或功能之间的相互作用构成大多数印欧史诗的中心主题：宗教和王权、肉体力量、丰产、健康、财富、美人儿等。在《摩诃婆罗多》中，般度王、般度王子和他们的妻子黑公主被认为是印欧思想系统中三功能神祇的人化形式，他们的对立面难敌兄弟则是恶魔的化身。整个大战故事重演着关于创世之后神与恶魔之间持续斗争的印欧神话，或者说是神话朝向英雄水平的一种换位变形。在希腊史诗中，三功能主题早在特洛伊战争开始之前，就作为大战的终极原因在金苹果之争的情节中得到明确表达；帕里斯王子在三位女神的许愿中，放弃了王权和肉体力量，唯独选择了美女海伦。此外，在波斯古经《阿维斯塔》中，在塞瑟人关于金杯、金斧和金犁三圣物的神话中，在北欧神谱和爱尔兰传说中，三功能结构论的解释也都可以适用。这种解释对于印欧史诗研究的贡献主要不在于具体结论的可信性，而在于将跨文化的比较方法引向系统观照的理论层次。

印欧史诗中产生较早的是古希腊史诗，它们相传为盲诗人荷马（约公元前9世纪）所作。现代学者认为，荷马如果实有其人的话，只是把曾长期在民间口头流传的诗做加工改定的职业乐师。曾附在荷马名下的失传史诗还有《小伊利亚特》《式拜》《埃塞俄比斯》《马其茨多》等多种，《伊利亚特》和《奥德修纪》只是由于在公元前5世纪雅典宗教节日庆典中定为朗诵作品，才得以定形流传下来。这种朗诵的结果，确定了《伊利亚特》和《奥德修纪》是荷马最好的史诗，确定了这两部史诗中许多事件的一定次序，并使这两部史诗成为雅典公共、神圣的财产。

第四节　欧亚中古史诗群

已知的世界中古时期产生的英雄史诗主要分布在欧亚大陆的各民族之中，其数量之多，大大超过了上古史诗。这是因为，上古时期只有几大文明古国完成了从原始氏族社会向民族国家的过渡，而中古以后，欧亚大陆的诸多民族都在冲突与交融之中逐渐走向文明国家，有的还脱离了奴隶制阶段，建立了早期封建制社会。它们彼此之间的文化撞击和战争，为史诗的发生提供了现实基础，社会的变更与民族迁徙给史诗的繁荣创造了有利条件。

中古以后属于印欧语系诸民族的史诗有：约公元 600 年产生于德国南部的日耳曼史诗《希尔德布兰特之歌》，取材于公元 5 世纪后期日耳曼人推翻罗马帝国后的征战与迁徙；8 世纪在不列颠写成文字的盎格鲁·撒克逊民族史诗《贝奥武甫》，以追忆的方式记叙了该民族迁徙前在丹麦和瑞典南部时的历史和英雄传说；9—13 世纪写定的冰岛《旧埃达》中的短英雄史诗，记述了 4—6 世纪欧洲民族大迁徙时哥特人的国王埃曼纳立克、匈奴人的国王阿梯拉以及其他北方英雄的故事；12—13 世纪间用中古高地德语写成的文人史诗《尼贝龙根之歌》，取材于欧洲民族大迁徙后期匈奴人和勃艮第人争战的历史；12 世纪末成书的俄国英雄史诗《伊戈尔远征记》，取材于 1185 年俄罗斯王公伊戈尔一次失败的远征，其敌人是来自中国北部的占据了黑海岸的突厥族波洛夫人；约写于 1140 年的西班牙英雄史诗《熙德之歌》，歌颂的是战胜摩尔人统治的英雄将领熙德；11 世纪末成书的法国史诗《罗兰之歌》，歌颂查理大帝（在位期间为 768—814 年）的外甥罗兰骑士在进攻信奉伊斯兰教的马席勒国王的战斗中遭伏击而阵亡的英勇事迹。所有这些欧洲中世纪史诗，几乎都是以民族大迁徙或大争战为背景和题材，其征战的对方又往往是亚洲的民族，特别是属于阿尔泰语系的游牧民族，如匈奴和突厥。因此可以说，是中古东西方文化冲突尤其是源自中亚草原的游牧文化同欧洲各农业定居民族之间的冲突，催生了中古以来的一大批英雄史诗。

作为这场文化大冲突的另一方，阿尔泰语系诸游牧民族也在长期的动乱和征战中催生了众多的英雄史诗。其中中国史诗有流传在新疆一带的柯尔克孜族英雄史诗《玛纳斯》（产生于 10—16 世纪），流传于新疆和蒙古地区的英雄史诗《江格尔》，哈萨克族英雄史诗《阿勒帕米斯》《英雄塔尔根》，羌族史诗《羌戈大战》，维吾尔族史诗《乌古斯可汗》等，此外还有属于汉藏语系藏细语族的巨型史诗《格萨尔》（产生于 11 世纪）。

对于上述被持欧洲中心主义观点的西方文学史家长期忽略的东方史诗的发掘和研究，现在已在国际学术界引起重视。前苏联学者特·博尔查诺娃的《关于蒙古——卫拉特英雄史诗的体裁特征》（1978）借鉴普洛普《民间故事形态学》的结构分析法，将蒙古史诗的共同结构分为 8 个部分：开场、希望找到未婚妻、启程远征、途中经历、斗争和胜利、消除不幸和灾难、返回家乡及英雄的婚礼。

这类研究对于确认阿尔泰语系史诗的特征和源流具有借鉴意义，也为各民族中古史诗的比较研究提供了相对普遍的理论模型。其他一些东方中古史诗，如格鲁吉亚诗人鲁斯塔维里创作的文人史诗《虎皮武士》（13 世纪初）、波斯诗人菲尔多西（940—1020）的文人史诗《王书》等，在东方文学史上均占有重要地位。

可以说无论是吉尔伽美什、阿喀琉斯、奥德修斯，还是罗摩、埃涅阿斯，都还是徒步作战或乘车作战的英雄，骑马术在上古时代远未普及。马上英雄的时代是由欧亚大陆草原民族斯基泰人登上世界史舞台所开启的。关于斯基泰民族的来龙去脉，有人根据语言认为它是依兰人的一支，有的人根据其宗教习俗认为它与乌拉尔-阿尔泰语系民族血缘亲近。最近，以前苏联学者的观点为代表的意见认为：斯基泰原籍在伏尔加河中游。斯基泰人所形成的骑马民族文化在中古时代迅速扩展蔓延，给周边民族和国家带来侵略、掠夺的同时，也带来了商业贸易与文化交流。英国著名地理学家麦金德指出，以阿尔泰山为中心的欧亚内大陆草原文化带，包括中国的新疆、内蒙古地区，曾经是整个世界历史的枢纽区，那些活跃在这一地区的尚武好勇的骑马民族以其机动性的作战生活方式，实际上沟通了东西方的定居农业文明和城市文明。麦金德要求历史学家把欧洲文明史看作属于亚洲的历史，因为在非常真实的意义上说，欧洲文明是反对亚洲人入侵的长期斗争的结果。对于文学史而言，骑马民族文化的大拓展为世界史诗发生的第二黄金时期的到来准备了条件。欧亚中古史诗群就这样围绕着各族的马上英雄而逐渐形成。在东起兴安岭，西至里海和黑海，南到喜马拉雅的广阔地带，战争、交流均通过马背完成，亚洲和欧洲的历史与文学也借此而成为一个整体。

从上述背景出发，不仅可以理解中古史诗为何没有在美洲、非洲地区形成气候的文化生态原因，也有助于认识中国少数民族史诗的分布和基本类型。

第四章　中外抒情诗比较

第一节　中外抒情诗的题材

一、中国古代抒情诗的题材

（一）忧国忧民题材

从抒情对象看，中国古代抒情诗的忧国忧民题材可以分为两个方面，一方面是爱国忠君及相应的对政治的关心；另一方面是爱护、同情民众及相应的对社会的批判。

中国古代抒情诗具有悠久的爱国主义传统。《诗经》中就有不少爱国诗篇，如《秦风·无衣》《鄘风·载驰》等。屈原（前340—前278）的《离骚》更是典型，它确立了文人诗歌爱国和关心政治的传统。李白（701—762）的诗不止歌颂祖国的壮丽山河，他其实从来就有匡时济世的抱负，坚信"长风破浪会有时，直挂云帆济沧海"。晚年逢安史之乱，写诗说"但用东山谢安石，为君谈笑静胡沙"，以谢安自比，表达平乱保国的雄心和豪气。后来流放夜郎半道获释后，仍然"中夜四五叹，常为大国忧"，并欲北上请缨，可谓烈士暮年，壮心不已!杜甫（712—770）青年时即抱有"致君尧舜上，再使风俗淳"的政治理想和雄心。安史乱起，他"不眠忧战伐，无力整乾坤"；"戎马关山北，凭轩涕泗流"，真是忧心如焚。晚年的《秋兴》八首，更以炉火纯青的诗艺表现最深沉的爱国情思，感人肺腑。宋代苏轼（1037—1101），尤其是辛弃疾（1140—1207）、陆游（1125—1210）也都热心政治，有的还直接参与抗敌御侮。即便像陶渊明（365—427）、王维（701—761）这样的田园山水诗人，也有不少爱国和忧时愤世的诗篇。西方抒情诗中也有许多表现政治观点和爱国情思的名作，如雨果（1802—1885）的《惩罚集》、惠特曼（1819—1892）的《草叶集》等。但总的来说，爱国题材不是西方抒情诗持久不衰的传统题材。对许多西方诗人来说，国家和政治时事并不是关注的中心。

（二）亲情、乡情和友情题材

中国德性文化讲究人与人之间关系的亲和性，因而关于亲情、乡情及友情的题材就成为中国古代抒情诗的一大特色。

爱情题材是亲情题材中的一种普遍题材。中国古代的爱情诗也不少，在《诗经》、唐宋诗词及历代民歌中尤其多。但由于中国德性文化重在群体，以个体的性爱意识为基础的爱情在其中受到严重压抑，所以文人诗中的情诗很少，写得也委婉含蓄而不是痛快淋漓，并往往与忧国忧民等其他题材相错杂。西方文化重个体，所以爱情题材在诗中最普遍。这一点下一节将做较详细的比较。

在中国古代抒情诗中，除爱情诗以外，其他亲情题材的诗，如父子亲情、兄弟亲情的诗，虽然不算多，但部分地涉及这一题材的诗却较多，比起西方这类诗来也算一个特色。如《诗经》的《魏风·陟岵》一诗三节，依次写征人登高瞻望，想象父、母、兄长对他的思念和希望。孟郊（751—814）《游子吟》更是一首千古传诵的母爱颂歌，末二句"谁言寸草心，报得三春晖"的反问，大约只能出自讲求孝道的中国诗人。李白《寄东鲁稚子》表达了"念此失次第，肝肠日忧煎"这样强烈的思念子女的骨肉深情。关于兄弟情谊的诗词，王维、杜甫、白居易（772—846）及苏轼、黄庭坚（1045—1105）等都有名篇。这些诗多不是纯粹的亲情诗，而是与忧国之思、故乡之恋和个人身世之感相结合的。如白居易诗曰："吊影分为千里雁，辞根散作九秋蓬。共看明月应垂泪，一夜乡心五处同。"兄弟姊妹因战乱分离，国难家愁融为一体，感慨万端，哀思无尽。比较而言，西方诗人自我意识较强，所以这方面的亲情诗较少。

二、西方抒情诗的题材

（一）爱情题材

爱情题材是西方抒情诗最普遍的题材。题材包含着主题，于是有所谓"爱情是永恒的主题"的说法。西方爱情诗具有自我性和自由性的特点，中国古代爱情诗则带有较浓厚的人伦道德色彩。这一根本差别由以下几点具体体现出来。

首先，主要是婚前恋与婚后恋的差别。西方诗中男女之恋突出地表现在婚前恋上。往往是双方一见钟情，随即便是直率的倾诉，大胆的追求，热烈的思慕，这即所谓"慕诗"。这种慕诗常常伴随对恋人的最高的赞美。如但丁（1265—1321）诗："她似乎不是凡女，而来自天国/因为显神迹才降临世上。"（《我的恋人如此娴雅》）拜伦诗曰："她走在美的光彩中，像夜晚/皎洁无云而且繁星满天/增加或减少一分明与暗/就会损害这难言的美。"（《她走在美的光彩中》）中国古代爱情诗中固然也有男女婚前的幽会、欢爱和追慕，例如在《诗经》和后代民歌中，在某些作为"诗余"的词中，但由于婚姻决定于父母之命、媒妁之言，男女爱情主要表现为婚后的相爱，别后的相思和死后的怀念，所以离愁别恨的"怨诗"尤其多，悼亡的诗也不少，风格含蓄深曲，哀婉动人。

在西方爱情诗中，爱情往往显出是男女之间天然的事情，离开社会和自然较远，显得较为纯粹。中国古代爱情诗由于多写婚后恋，不免受夫妻、公婆、子女等多重人伦关系的制约，与国事、家事和个人功名关联（夫妻分别往往因宦游或行役引起），很少显得是单纯的。

其次的差别是，西方爱情诗中所写的多为上层女性，有的诗还写对已婚女性的爱慕，不大受道德的约束，中世纪骑士抒情诗和文艺复兴时期的某些爱情诗都有这种情况。这在中国古代爱情诗中是没有的。中国古代爱情诗中多平民女子，尤其在民歌中，文人诗也抒写属于平民的征夫怨妇的离情别绪。

再一个差别是，西方有尊重女性的传统，所以诗人一般都以自己的身份和口气写情诗，于是诗中多为男性对女性的思慕和追求，男性往往显得谦卑。在中国古代爱情诗中，诗人有时却借女性的身份和口气来写对异性的思念，这是因为在中国男尊女卑，男子应志在功名，似乎耻于直接表露对女性的情欲爱意。

（二）哲理题材

如果说中国古代抒情诗的最高主题是现实的政治理想和人生道义，西方抒情诗的最高主题便是对人生和世界的形而上哲学思考。西方伟大的抒情诗人的诗几乎都不同程度地体现着哲理。柯勒律治（1772—1834）说："一个人，如果同时不是一个深沉的哲学家，他绝不会是一个伟大的诗人。"艾略特（1888—1965）也说过类似的话。哲理题材是西方抒情诗的重要题材。

西方抒情诗中较突出的哲理思想大约是柏拉图的理式论、斯宾诺莎的泛神论和现代存在主义。柏拉图将现实与理式分开，认为前者是虚幻的，只是后者的"影子"。理式论对西方哲学本体论发生了根本性影响，理式成了后来一切与感性世界分离的、超验的哲学本体的原型。它对西方诗的哲理性的影响也很深远：诗中所表现的最高理想和终极意义之类的东西，往往都可以直接或间接地与它关联。它又很容易与基督教中超验的上帝结合，这更增加了它对诗歌影响的普遍性和持久性。较早对抒情诗创作发生作用的是新柏拉图主义。后者是柏拉图思想与中世纪其他哲学和早期基督教神学结合的产物，其思维模式基本上仍是原型（理式）与摹本的关系，但有更多的神秘主义色彩。新柏拉图主义吸收柏拉图的经由柏拉图式的"爱情的接引"而通达美的理式的思想，认为男女之爱是接近上帝的阶梯，从沉思尘世的女性美而见到永恒的天国的美。

在西方哲理抒情诗中，更多的情况不是体现某一哲学思想，而是表现一般的人生哲理和生活智慧。美国女诗人狄金森（1830—1886）的许多诗哲理精辟，充满巧智。如她的《我为美而死》一诗写为真和美而死是精神的永生，是人生的归宿，所以那死显得安详而富有情趣。又如美国诗人弗罗斯特（1874—1963）的《没有走的路》一诗，其平易的词句蕴含着深刻的哲理：两条岔路诗人只能择一，不能都走，然而"此后的一切就相差千里"。再如法国诗人瓦雷里（1871—1945）的《石榴》一诗，用具体物象阐发抽象哲理：从石榴的绽开"想见丰硕的成果燦开了权威的额头"；从绽开的石榴又回忆和思索自己头脑的活动，似乎看见了人类智力的结构和秘密："这一辉煌的裂口/使我的旧梦萦绕/内心的隐秘结构。"这类咏物的哲理抒情诗名作还有里尔克的《豹》、史蒂文森（1897

—1955）的《坛子逸闻》等。

中国古代也有不少哲理抒情诗。与西方哲理抒情诗比较，它有几点不同。第一，它不像后者那样是某种形而上哲理的体现，而是伦理道德观和人生智慧的体现。儒家思想主要是伦理道德哲学。道家思想虽有深玄的本体论——道论，但其核心仍是人生哲学，因为它强调的是道的"无为"特性，而这正是道家的政治理想与人格理想的依据。中国古代诗中所体现的道家哲学思想主要是后者，而不是其形而上本体观。佛教的形而上宗教哲理本来高深而且有体系，但它被中国化后已变成关于修身、行善、积德的禅理禅趣，也成了人生哲学之类的东西。第二，就人生哲学而言，西方哲理抒情诗多关注人生的终极意义，多是超验性的。由于这种终极意义往往是形而上哲学理想或宗教信仰，其诗便多呈现亮色。中国古代哲理抒情诗关注的是人生的现实意义，多是经验性的。由于无形而上的升华和宗教的寄托，往往显得悲观或悲凉。如《古诗十九首》等诗也对时间和生命做了深入思考，但往往流于颓废和及时行乐。第三，西方哲理抒情诗常常借用非常态的物象或者纯想象的形象来表现哲理。如瓦雷里用绽开的石榴来象征智力活动的结构和秘密，里尔克用囚于铁笼的豹来比喻人的孤独而无所作为的悲哀，史蒂文森用在想象中置于田纳西州的坛子来表达以艺术品为中心而赋予世界以秩序和意义的思想。这些非常态物象与诗人的抒情个性和独特的哲学沉思相吻合。中国古代哲理抒情诗则一般用常见的现实物象，以便表现共同的伦理道德或人生智慧。如王之涣（688—742）的《登鹳雀楼》和苏轼的《题西林壁》等诗。这种不同也显示了中西哲理抒情诗在文化根源上的深刻差异。

第二节　中外抒情诗的意象

一、中国古代抒情诗的意象

（一）意象的一般特点

就意象作为美而与真、善的关系看，中国古代抒情诗意象的特点是以善为基础，与善结合着。所谓"以善为基础"，指意象并不明确具有善的功利目的，而只具有审美意味，给人以审美享受。许多山水田园诗的意象就是如此。如前文举出的《鹿柴》《江雪》等诗的意象。这是偏于纯美的意象，只表现一种普遍情感，即审美情感或称审美意味。这种审美情感来源于具有功利目的和伦理道德性质的具体情感，是诗人通过对后一种情感的抽象扬弃而获得的。所以我们说这种纯粹的审美意象是基于善的，只是这善的基础隐而不显。基于善也就必然基于真，因为真又是善的基础，只是这真的基础隐蔽得更深。

所谓"与善结合着"，指意象作为美并不是纯粹的，而是明显地结合着政教伦理等功利目的。突出的如《诗经》中"关雎""硕鼠"等意象，《离骚》和汉魏诗的意象。这种意象在诗中占多数。

就意象内意与象的关系看，中国古代抒情诗在创作上尤其理论上有重意轻象的特点。各民族初期的抒情诗大约都重在思想情感即"意"的表达，对"象"的创造还未充分自觉。我国《诗经》也大致如此。《楚辞》的形象却绚丽多彩，刻画精美，是对"象"的描绘的初次自觉。但《楚辞》形象的特点后来并未成为诗歌艺术的传统，而成了赋体文学的传统。晋代和六朝的诗在文学自觉中曾一度重视"象"的刻画，某些新兴的山水诗尤其突出，但由于丢弃风雅比兴传统也遭人垢病，不过它客观上促进了唐诗宋词对意境的创造。意境可以说是意象并重。但细究起来，意境中诗人的着眼点和着力点仍在"意"上。总之，中国古代诗的创作偏重对"意"的提炼和表达。在中国古代诗史上，没有产生过像西方和阿拉伯、印度那样由于专注于诗的形象刻画而产生的种种形式主义。

（二）意境的特征

意境"是一种特定的审美意象"。与非意境的一般意象比较，意境的特征在哪里呢？

第一，意境中的"象"是原样的，而一般意象则可以是变形的。所谓原样，指选取现实物象，让它"物各自然"地呈现，不被想象和幻想变形。中国古代抒情诗中较典型的意境就是这样的。我们感到李白、李贺（790—816）的某些诗没有意境或者意境性不强，原因就在于想象和幻想的成分较重，变形较大。西方抒情诗缺乏意境，原因之一也在于此。

第二，意境的"境"是整体的，而一般意象是单个的。"整体"包含两层意思，一层指意境是由若干意象组成的整体。如上文李白诗在整体上是意境，其中的"人烟""橘柚""秋色""梧桐"等则是单个意象；另一层意思指意境是一种独特的整体，它由若干大致均衡的意象组成。意境的这种整体性与"兴象"的发展变化有关。

第三，意境中"意"与"象"是浑然融合的，而一般意象的"意"与"象"之间则存在着"张力"。"浑然融合"是什么意思？从"意"方面看，它本来是诗人的主观情思，却显出是不带主观个人性的普遍情感，于是就不会表现为被诗人强加在那"象"上。从"象"方面看，它仿佛本身就具有"意"，自然流露出来，并不假手于诗人。若换用"情""景"二字来说明，便如王夫之（1619—1692）所说："情景名为二，而实不可离。神于诗者，妙合无根。"这即所谓"情景交融""物我同一"。

二、西方抒情诗的意象

（一）意象的一般特点

就意象作为美丽与真善的关系看，西方抒情诗意象的特点是以真为基础，与真结合着。"真"通常指事实及关于它的真理，这是科学的真。艺术的真主要指真实，即对事实的真实描述和对思想感情的真实表现，这是一种真实性。

艺术也可以直接表现真理知识，但那不是它的特点。就文学真实性看，叙事文学偏重描写的真实性，抒情文学包括抒情诗偏于表现的真实性。艺术、诗的真（真实性）与科学的真有统一性。就抒情诗的真（表现的真实性）与科学的真的统一性看，有两种情况。其一是诗所表现的思想情感中蕴含着某种真理（多为社会科学真理）；其二是它所表现的东西中并不蕴含真理，而仅仅是诗人的真实感受，如两性之间的感受、刹那间的直觉、无意识的流露等。后一种情况虽然不是现存真理的直接反映，却是"诗人是什么"乃至"人是什么"这一至大的真理问题的一种潜在的、间接的反映。这即是说，从科学理智的观点看，西方抒情诗所表现的自我情感正是回答"人是什么"这类求真问题非常必要的部分。总之，科学不能穷尽关于人的全部真理，它需要诗、艺术的真来补充。正是主要在这种意义上，我们说抒发自我情感的西方抒情诗是根基于理智的，是智性文化的一种体现。

　　说西方抒情诗意象基于真并不意味它就不基于善，只是就与中国古代抒情诗比较而言，它基于真显得更突出。这可以从两方面看出。其一是诗人直接表现上述不带功利目的（善）的纯心灵感受，这可以说是直接地基于真。其二是即便意象是明显地基于善的，例如基于正义、友善等观念，由于西方抒情诗强烈的自我意识性，它往往也能明显地表现出是经过诗人独立自主的感受和思考的，而不是盲目地接受那现存的善的观念，这即是说，当我们发现那意象的善的基础时，我们往往同时窥见了它的更深层的真的基础。同理，说西方抒情诗意象与真结合也并不意味它就不与善结合。许多西方抒情诗意象就明显地结合着善的观念。但若与中国古代抒情诗比较，它与真结合更突出一些。

　　（二）意象与意境辨析

　　在西方抒情诗意象中，是否也有如中国古代抒情诗意境那样的独特意象？浪漫主义诗人华兹华斯的某些山水景物诗被认为也有意境。他的《我孤独地漫游，像一朵云》一诗是这类诗的代表之一（诗较长，不引），下面试用前述意境的四个特征来对它进行辨析。第一看意象是否是原样的。此诗描写较客观，意象有一定的原样性。但就对主要意象"水仙"的"起舞翩翩"以及它的"欢乐却胜过水波"等情态描写看，它在一定程度上已不是原样的，而是想象的、

41

变形的。第二看意象是否有整体性。

"水仙"与相关意象也能构成一个整体。但由于"水仙"是诗人着意刻画的焦点意象，其他意象只是衬托，这种整体就是以"水仙"意象为中心的整体，而不像中国古代诗意境那样，是由若干均衡的写意性意象所组成的不大确定的、空灵的整体。第三看意与象是否浑然融合。我们读此诗能明显感到，水仙的"欢舞"是诗人看来它在欢舞，是诗人的欢乐情绪加诸水仙之上。也许，在别的诗人看来，那水仙的迎风摇摆是在摇头叹息。所以，水仙意象中的意与象并不是真正浑融的，两者之间多少存在着张力，这种张力其实就是"水仙"与诗人"我"之间的张力。这个"我"在诗句中反复出现，是他赋予水仙特定的情态和意义。在这点上，华氏与其他浪漫主义诗人是大体相同的，即都是站在自然物之上的主体。华氏的不同在于他自觉地力求返回自然，与之合一，但由于固有的主客二分的文化根基的作用，他不可能真正做到这一点。第四看是否虚实相生。我们易于见出那水仙是诗人情思的化身（以虚生实），却不大容易见出那情思似乎为水仙本来就具有（以实生虚）。所以此诗并不具有如中国诗意境那样的虚实相生的特征。总之，此诗的意象与中国古代诗的意境仍然有所不同，它只是多少具有类似意境的特征。

尽管意象派诗人曾借鉴中国古代诗的意象艺术，如"不用闲言助字"、进行意象并置等，他们的诗的意象与中国古代诗的意境还是不同的。以庞德（1885—1972）著名的《在地铁车站》一诗看，该诗仅两行："人群中这些面孔幽灵般显现；湿漉漉的黑枝条上的朵朵花瓣。"意象不用冗词赘语修饰而直接呈现，也不附加说明，这些确实类似中国古代诗意象。但它们并不能构成意境。主要原因是，第一行诗的意象大约由诗人的直观而来，而第二行诗的意象显然是在想象和联想中造成，两者的并置客观上具有对比性和隐喻性，于是意与象不可能是融合一体的，而是存在着张力。

（三）意象的审美特性

中国古代抒情诗意境基于物我同一，那意境便只有一个基本的审美特性，即中和性。西方抒情诗意象基于主客（物我）二分，其意象便有两个基本的审美特性，即偏向主体一方的心灵性和偏于客体一方的形式性。上文曾说西方抒情诗意象具有既重意的表现又重象的刻画的特点，从审美特性看，那重意的表现就体现审美的内在心灵性，那重象的刻画就体现审美的外在形式性。

意象的审美心灵性一般与审美形式性结合着，但有时那感性形式的"象"很淡薄，甚至没有，这时就是偏于纯心灵的审美性，就会凸显抒情主人公的"自我"形象。如雨果（1802—1885）的《当一切入睡》一诗。全诗两节，只看第二节："我总相信，在沉睡的世界中，/只有我的心为这千万颗太阳激动，/命运注定，只有我能对它们理解，/我，这个空幻、幽暗、无言的影像，/在夜之盛典中充当神秘之王，/天空专为我一人而张灯结彩。"有时，意象的审美心灵性隐而不显，只偏于显示其审美形式性。极端的审美形式性是洗尽了心灵的意而只有纯粹的象，这就是形式主义了。如唯美主义诗人普吕多姆（1839—1897）的《天鹅》一诗，共 32 行，读来全然感觉不到诗人心灵的搏动，所有的只是纯客观的精细描绘；又如上文的意象主义诗《码头之上》更多的则是在诗的音乐性、语言组合、诗行排列上的形式主义意象的创造。

意象的审美心灵性可以造成壮美或称崇高的美学风格。根据康德美学，崇高是主体借对象的威力而提高自己，所以崇高的本质是主体自身心灵的崇高。崇高风格在西方叙事文学尤其是悲剧中最突出。在抒情诗中也有表现，如在浪漫主义诗歌中就较明显。审美心灵是复杂的，除崇高之外，也有体现为平常、平庸乃至卑微、绝望的时候。由此造成的美学风格也是多种多样的，如反讽、幽默、调侃、无奈等，这类风格在现代主义抒情诗尤其后现代主义抒情诗中较多。审美形式性造成新奇的美学风格。在西方诗史上，尤其自近代以来，诗歌意象的审美形式是在不断求新求异。由于意象中的"意"与"象"具有一定的内在统一性——"象"表现"意"，由象的审美形式性所形成的新奇风格在一定程度上可以概括由意的审美心灵性所形成的崇高等诸种风格。实际上，西方抒情诗中具有崇高等风格的意象往往就是新奇的。所以，如果我们说中国古代抒情诗意境的总体风格是优美，西方抒情诗意象的总体风格是新奇，大致不会错。

三、西南亚抒情诗的意象

就意象作为美与真、善的关系看，西南亚抒情诗意象的特点是主要以善为基础，与善结合。西南亚三种宗教文化都基于人神关系。人神关系不可能是求真的关系，而只能是求善的关系，而且是一种追求至善的关系，因为神是至善的象征。但在人们的现实生活中，除了这种人与神的宗教关系外，必然还存在着人与自然、社会的关系。所以，诗的意象除主要基于宗教的善之外，必然还基于一定的非宗教的真和善，并与这样的真和善结合。

就意象的意与象的关系看，总的来说，西南亚抒情诗是既重表现意，又重刻画意象与意象之间显出并置性和跳跃性，而是类似西方抒情诗那样意象疏朗，意象与意象之间显出逻辑性和连续性。

西南亚抒情诗意象中，有的也像西方抒情诗意象那样具有一定的审美心灵性和审美形式性，前者如希伯来抒情诗意象，后者如阿拉伯、波斯抒情诗意象；有的也像中国古代抒情诗意象那样具有一定的审美中和性，如印度抒情诗意象。不过，比较起中西抒情诗意象来，这些审美特性不算突出。那么，西南亚抒情诗意象突出的也是不同于中西抒情诗意象的审美特性是什么呢？是神灵性。这是为它们所从属的宗教神性文化所决定的。

在西南亚抒情诗意象中，也有由一定的审美心灵性所造成的崇高风格和由审美形式性所造成的新奇风格，希伯来抒情诗意象偏于前者，阿拉伯、波斯抒情诗意象偏于后者；也有由一定审美中和性造成的优美风格，印度某些抒情诗意象即如此。这些都是与中西抒情意象（意境）类似的美学风格。西南亚抒情诗意象所具有的独特的审美风格，则是由其审美神灵性所造成的神秘风格。这种神秘风格与西方中世纪宗教性抒情诗的神秘风格类似，与西方近、现代某些象征主义诗歌的神秘风格则有所不同。前者主要是由宗教神灵的超验性和神秘性造成，其意象可以是明朗的，不一定晦涩。后者中有的也多少包含一定的宗教（基督教）神秘因素，但主要是由关于宇宙、人生本质的神秘含义及其直觉、梦幻等表现手法所造成，意象常常晦涩难解。

西南亚三种抒情诗意象在上述审美神灵性和神秘风格的强弱浓淡程度上各不相同。除这种共同的审美特性和美学风格外，它们各自还有独特的审美特性和美学风格。

四、中国现代抒情诗的意象

中国古代抒情诗意象以善为基础，与善结合着；西方抒情诗意象以真为基础，与真结合着。中国现代抒情诗意象如何？它与前两种情况都有关，但基点与后者相同，即：它以真为基础，与真和善结合着，有时甚至以善为主导。

就意象内部意与象的关系看，中国现代抒情诗在总体上已是既重意的表现，又重象的刻画。重意的表现有两种情况：一种是直抒胸臆，不借助形象，此种情况早期现代抒情诗尤其多；另一种情况是用形象来表现意，这就构成意象。无论哪种情况，总的来说，中国现代抒情诗都是重在意的表现，而不是重在表现那意。大约也是由于传统的作用和现代中国的特殊国情，现代抒情诗有时也相当重视"表现的意"，尤其是当诗人们被要求反映一定现实状况和表现一定的社会责任和理想时。这一点与古代抒情诗相近而与西方抒情诗不同。

中国现代抒情诗既然重意的表现，就必然也重象的刻画。后者的表现在于不再像古代抒情诗那样用单纯的"兴"的手法，而是运用多种手法。"兴"的手法其实就是重意轻象的手法，那兴象只起开头作用，甚至可以与诗的主旨无关，真有点"得意忘象"的意味。后来虽然兴象成了诗的有机整体的一部分，即成了意象，但往往仍重在意象的"寄托"即意上，而不重在象本身。中国现代抒情诗却运用比喻、象征、暗示以及幻觉、错觉、瞬间印象、冷漠描述等多种手法，这些手法及其所刻画的形象本身成了诗艺的重要目的乃至唯一目的。与刻画"象"的手法的转化和多样化相应，现代抒情诗对"象"的刻画较集中而细致，有的意象因而有一定的典型性，如郭沫若的"天狗"、闻一多的"死水"、徐志摩的"康桥"、戴望舒的"丁香姑娘"、艾青的"大堰河"等。

第三节　中外抒情诗的手法和体裁

一、中外抒情诗的手法

抒情诗的手法用以选择和组织题材，熔铸意象。抒情诗的基本手法是描写和抒情，中外抒情诗皆如此。所不同的只是：就描写而言，中国古代抒情诗简约，外国抒情诗细致；中国古代抒情诗多用起兴、寄兴方法，外国抒情诗多用赋形、变形方法。就抒情而言，中国古代抒情诗多为客观化抒情，外国抒情诗多为主观化抒情。中国现代抒情诗的手法类似外国抒情诗的手法，但仍保留了某些传统手法的因素。

（一）简约描写与细致描写

中外抒情诗手法上最容易感知到的差别是前者的简约描写与后者的细致描写。试比较白居易（772—846）的一首七律《赋的草原古送别》与美国诗人弗罗斯特的一首十四行诗《丝蓬》。前者为："离离原上草，一岁一枯荣。野火烧不尽，春风吹又生。远芳侵古道，晴翠接荒城。又送王孙去，萋萋满别情。"后者为："她，犹如田野里的一顶丝蓬，/正午，一阵和煦的夏日柔风/拂干了露珠，根根游丝变得温和/在牵索中自由自在地轻轻飘动，/它那中央的支撑柱——雪松，那伸向无垠天空的高高蓬顶，/那显示出这灵魂自由的蓬顶，/仿佛对每一根游丝都不欠情，/它不受任何约束，只是/轻轻地被无数爱与思想的丝带/与周围世界之万物系在一起,唯有当一根游丝微微拉紧/在夏日变幻莫测的空气之中/它才意识到最轻微的一丝束缚。"前者寥寥数语而形神兼备。后者 14 行仅为一个句子，刻画精细，惟妙惟肖，也相当传神。在艺术效果上可谓各有千秋，但描写的简约与细致判然有别。

外国抒情诗的描写可以分为内在心理描写和外在景物描写。心理描写一般以内心独白为主，往往与直抒胸臆的抒情方式结合着，这在西方抒情诗中最突出。有的心理描写还结合一定的叙事和戏剧对白成分，以增强描写的细腻性和微妙性。典型的如英国诗人约翰·多恩（1572—1631）的某些诗。这种艺术传统在现代诗人艾略特、庞德、威廉斯（1883—1963）等的诗中被发扬光大。西南亚抒情诗的心理描写也较细致，如在波斯诗人哈菲兹的诗中，在印度古代抒情诗《云使》中。更多的当然是外在景物描写。西方抒情诗的景物描写大多结合着表现明显的主观情思，例如上文《丝蓬》一诗。有的景物或事物描写则相当客观，如前文说到的唯美主义诗歌《天鹅》，全诗 32 行，全是对天鹅外在形态的精细描绘。希伯来抒情诗中也有对人物进行细致描写的，如《雅歌》第 4歌对男子美貌的刻画用了 20 行诗。印度抒情诗《云使》对景物的描绘细致、生动，如对一株无花果树的描绘用了两节 8 行。

（二）起兴、寄兴与赋形、变形

中国古代抒情诗的手法总称"赋""比""兴"。若与外国抒情诗手法比较，赋、比实为两者共有，唯有兴才是中国古代诗歌的独特手法。单就中国古代诗艺看，兴也是最基本的最重要的手法。钟嵘（约 468—约 518）似乎已见出这点，他在《诗品序》中对三者的次序做了调整："故诗有三义焉：一曰兴，二曰比，三曰赋。"

"赋"指直言陈述，"比"就是比喻。"兴"的说法最多，其中刘勰（465—520）说的"兴者，起也"（《文心雕龙·比兴》）、朱熹（1130—1200）说的"兴者，先言他物以引起所咏之词"（《诗集传》），意思相近，也较恰当。这些说法可以溯源至《礼记·乐记》中关于音乐起于"人心之感于物也"之说，后来刘勰的"应物斯感"说与之一脉相承。

兴是最基本的手法，它与比、赋的最常见的关系是兴中兼用比、赋。如杜甫的《旅夜书怀》："细草微风岸，危樯独夜舟。星垂平野阔，月涌大江流。名岂文章著，官应老病休。飘飘何所似，天地一沙鸥。"整体手法是兴，其中包含着赋、比，前四句是起兴，"细草""危樯""星""月"等都是兴象，第五、六句陈述感慨，是赋，末二句自喻飘零的沙鸥，以抒悲怀，是比。古人说比、兴的差别在于"索物以托情谓之比，情附物也；触物以起情谓之兴，物动情也"。比、兴两者的关系多如此诗这样是整体手法与局部手法的关系，即先"触物以起情"，然后因所感发之情而"索物以托情"。有的诗通篇是对兴象的描写，并不兼用比、赋，如前引《辛夷坞》《江雪》等诗。那些兴象所引发的情思何在呢？尽在不言之中，在由诸兴象构成的意境中。

外国抒情诗的独特手法是赋形与变形。赋形指给抽象情思以具体形象，变形指对形象进行较大程度的改变。赋形、变形各自都是诸多手法的总称，或者说是诸多手法的共同特征。赋形主要有拟人性赋形和象征性赋形。此外还有比喻性赋形，即将抽象情思比喻为具体事物，但这种手法较少出现。拟人手法最古老，上古神话中的神就是由拟人手法创造的。印度《吠陀》诗集中就有许多拟人手法，其中大多数是把具体事物比拟为人，属于拟人性变形手法（详下文），但也包括把抽象情思化为人格神的拟人性赋形手法。拟人性赋形手法在泰戈尔诗中更常见。希伯来《圣经》诗中也有这种手法，如将智慧拟人化为"我"在诗中说："人类呀，我要向你们诉说，/我要向地上的每一个人呼吁。"（《箴言》第8章）古希腊神话和史诗中拟人手法很突出，其中就包括拟人性赋形手法，这种手法后来作为传统手法而普遍地运用于西方抒情诗中。在西方抒情诗中，智慧、理性、信仰、道义、爱情、和平以及邪恶、伪善等抽象观念和相应的情感，常常被赋予人格形象。西南亚抒情诗中也有这种手法。中国古代抒情诗中这种手法却很少见。

比喻性变形手法，中外抒情诗都广泛运用，外国抒情诗中运用得尤其多。中国古代抒情诗中赋形和变形手法都不算很多，因为它更多地用了兴手法。中国古代诗中比喻的特点是多"近取譬"，即相互比较的事物之间的关系较近，类似点较明确，变形不大，喻象优美。外国诗中的比喻多"远取譬"，即相互比较的事物之间的关系较远，类似点往往是诗人的一个新发现，因而变形较大，喻象新奇。

拟人性变形指把事物比拟成人，这种手法外国诗中较多。上文所说的外国古代诗中的拟人手法，就大多是这种拟人性变形手法，例如印度诗中的许多神（指自然神如太阳神、黎明神等）就是用这种手法创造的。近代西方诗中如"幽暗从那边的茂林之中/睁着无数黑眼睛张望。"（歌德《相逢又离别》）把幽暗拟人。中国古代诗中也有这种手法，如"相看两不厌，唯有敬亭山"（李白《独坐敬亭山》），"数峰清苦，商略黄昏雨"（姜夔《点绛唇》），都是把山峰拟人。

　　扭曲性变形在中外传统诗歌中就有，指用夸张或其他超现实的幻想手法的创造，李白诗句"燕山雪花大如席"即是。但扭曲变形作为一种普遍手法主要运用于西方现代主义和后现代主义诗中，主要由诗人的主观幻觉、无意识、梦幻和词语的奇特组合造成。例如艾略特的诗句："我知道女仆们潮湿的心灵/正向着地下室的铁门沮丧地发芽，"（《窗前的早晨》）"正当朝天空慢慢铺展着黄昏/好似病人麻醉在手术桌上，"（《阿·普鲁弗洛克的情歌》）又如法国诗人艾吕雅（1895—1952）的诗句："她婷立在我的眼睑上。"（《恋人》）

　　变形与原样相对，可知外国抒情诗尤其西方抒情诗的变形手法与中国古代抒情诗的兴手法不同。这种不同的原因，如果结合西方抒情诗的赋形手法一起考虑，首先在于各自的出发点不同。西方诗人从自我出发，而自我意识中包含着超越现实社会的纯主观的东西，如个人的生理、心理感受及超验的幻想和玄思等，这些不能单纯用现实物的原样形态来表现，而必须同时用与现实形象不同的赋形和变形的形象来表现，方能较完整地表现自我个体，这是西方重个体的智性文化的反映。中国古代诗人从现实对象出发，对象的形象就能保存原样，从对象所感发的情思中虽然也有自我性，但那自我性是自我意识中已经消融在现实对象和社会群体中的那一部分。这是中国古代重群体德性文化的反映。

二、中外抒情诗的体裁

　　为什么中国古代抒情诗发达而叙事诗不发达？有诸多原因。从中国古代诗歌艺术本身看，构成诗的古代汉语富于综合性而缺乏分析性，而这又是由中国古代思维的特点所决定的。中国古代思维是直觉性综合思维占优势，理智性分析思维较贫弱。古代儒、道、佛三家都主张直觉地把握事物整体乃至整个宇宙人生。其中道家庄子的"心斋""坐忘"和佛家的自得心性、顿悟成佛的思维方式更突出，完全排斥概念分析和逻辑推理。这样的思维方式和相应的语言文字必然有利于抒情诗的创造，而不利于叙事诗的创造，因为叙事诗要描述人物行动和事件的细节和发展变化，需要理智分析和逻辑推理做潜在基础。总的说来，外国语言及相应的思维富于分析性，有利于叙事诗的创造。

　　古代汉语所造成的格律音韵也有利于抒情诗而不利于叙事诗。这可以从以下几点去考虑：第一，中国诗的节奏是音顿节奏，语音上的音顿与语义上的意顿是基本统一的。这于短篇的抒情诗有利，于长篇的叙事诗却不利，因为它会在后者中造成一种单调性，并不利于详细叙述事件，细致刻画人物。外国诗语言的节奏，无论是重轻节奏、长短节奏或其他节奏，都不必与语言的意义节奏统一，语音上节奏的整一性并不妨碍语义的流转和变化，这就有利于在诗中叙事和说理。第二，中国古代诗的韵作为节奏是与诗的音顿节奏同质的，即它是诗的节奏的一部分，并且是在最重要的节奏点（行尾）上的那一部分，所以中国古代诗不能没有韵。韵有利于抒情诗，在一定程度上却不利于叙事诗。外国诗的韵不与其节奏同质，它独立自足，所以它可以存在。如在许多抒情诗中，也可以不存在，如许多长篇叙事诗。第三，中国语言极富于音乐因素，由它构成的诗的节奏、韵、平仄、对仗等具有很强的、独特的音乐性，这样的音乐性只宜出现在短小的抒情诗中，而不宜出现在长篇的叙事诗中。这是使古代诗人迷恋抒情诗而忽略叙事的一个原因。

第四节　中外抒情诗的文化根源

一、中国古代文化精神及其对诗的作用

（一）群体人本精神及其对诗的作用

以人为本的精神叫人本精神。人本精神贯穿中国古代文化的始终。中国古代人本精神的特点在于其社会群体性，所以我们叫它群体人本精神，以便与西方文化中的个体人本精神相区别。正是这一区别决定了中西抒情诗情感性质的不同：中国古代抒情诗的情感主要是群体性的人伦情感，西方抒情诗的情感则主要是个体性的自我情感。这两者的不同又决定了其他诸多方面的不同。

中国古代文化中的这种群体人本精神主要体现在儒家思想中。它由社会的宗法结构和人伦关系造成，即在宗族、亲族关系及一般人际关系中，不是重在作为关系基础的个体上，而是重在群体上，或者说重在关系的整体上。诚然，佛家尤其道家有重个性自由和个体生命价值的思想，这是对儒家群体人本精神的一种补充，它使中国古代抒情诗中保存了一定的自我个性。但它与西方的个体人本精神仍然有别。它是通过超脱社会功利和个人欲望的"虚静无为"的自我修养方式来获得个体的逍遥与自由，达到"天人合一"的"无我"境界。这与儒家通过与体现"天理"的社会纲常协调一致而达到"天人合一"，失去个体的"我"，有一致性。道家的这种"无为""无我"的个体精神最具有审美意义。因为审美不能是群体性的，只能是个体性的，而这种审美个体性就需要在一定程度上超脱社会功利和个人欲望，处于一种"无我"状态。这在中国古代山水田园诗中表现突出。这种个体人本精神显然不同于西方追求个人的独立、自由、民主、平等等个体人本精神。

二、西方文化精神及其对诗的作用

西方有两种相互独立的文化，一种是占主导地位的智性文化，一种是次要的、作为补充的基督教神性文化（但它在中世纪占主导地位）。前者具有的个体人本精神、哲学精神和科学精神对诗发生重要作用，后者的宗教精神也对诗有重要作用。

个体人本精神，指以个人为本位而构成群体和社会所形成的文化精神。这种精神在政治上体现为个人的民主权利，在道德上体现为个人的意志自由，在艺术上体现为自我个性。在抒情诗中，这种艺术的自我个性主要体现为自我情感和心灵性题材。这是与中国古代抒情诗的人伦情感和社会性题材相对的。心灵性题材主要是爱情题材和形而上哲理题材。心灵题材也包括宗教题材，因为宗教的特点之一便是内在心灵性。

可知智性文化的个体人本精神与宗教文化精神有吻合之处，这是西方抒情诗中宗教意识和题材长盛不衰的一个原因。西方抒情诗心灵性题材的普遍的内在特征即是自我情感，其普遍的外在特征则是个体的"我"的意象和观念。这与中国古代抒情诗的人伦情感和"无我"性形成鲜明对照。

（一）哲学精神及其对诗的作用

在古希腊，哲学是"爱智"的意思，哲学精神就是爱智慧的精神。在这种意义上，西方哲学是西方智性文化的最高体现。这与中国古代哲学的意蕴不同。中国古代哲学主要是伦理道德哲学，以儒家哲学为主，其核心是孔子提出的"仁"，而"仁者爱人"，所以，中国古代哲学不是爱智而是爱人。其实，西方哲学所谓的智不是一般智慧（爱一般智慧的是科学），而是形而上智慧，即关于本源、终极意义以及意志自由、灵魂不朽等纯哲学智慧。西方抒情诗的哲理题材的特点便是形而上的深玄思考。对西方抒情诗影响最普遍的是柏拉图的理式论、斯宾诺莎的泛神论以及存在主义等，前两者是形而上学理论，后者也有一定的形而上学性（尤其是后期海德格尔的存在主义）。中国古代抒情诗中的哲理题材也有关于哲学智慧的，但不是关于形而上哲学智慧，而是与"爱人"

关联着，是关于人生哲学的智慧。

（二）科学精神及其对诗的作用

科学精神即求真的精神。求真是纯粹理智的活动，所以科学精神是最基本的智性文化精神。科学精神是上述哲学精神的基础，因为哲学是从科学中生长出来的（古希腊哲学家大多是自然科学家），两者的不同在于哲学偏重形而上智慧，科学则是形而下智慧。科学精神也是个体人本精神的基础。科学分为自然科学和人文科学。自然科学是纯粹求真的学问，它体现纯粹的科学精神。人文科学除少数学科（如语言学）外，大多数则是在求真基础上以求善求美为目的，如道德、政治求善，艺术、诗求美。

真存在于理智领域，它可以与善、美无关；善存在于意志领域，它必然包含真的基础，但可以与美无关；美存在于情感领域，它必然包含真和善的基础。在西方智性化——对社会、人生的认识的变化而变化。这与中国古代德性文化不同，后者的伦理政教基本不变（所谓"天不变，道亦不变"），原因就是作为基础的理智领域的真不能发生变化。另一表现是对政治、道德等的探索和论证常常也采用科学的逻辑推理和理智思辨的方式。诗、艺术基于善很明显，也好理解，因为政治、道德等的善恶观念直接引发情感。中西诗、艺术都如此。诗、艺术基于真在西方突出，在古代中国却不突出。诗、艺术基于真的直接体现是艺术真实。艺术真实指形象描写的真实性和思想情感表现的真实性，这与科学的真不同。但前者在一定程度上寄寓着后者，所以两者又有共同性。抒情诗的艺术真实主要是情感表现的真实性。西方抒情诗的情感主要是自我情感，自我情感是个体的、本原的情感，最富于真实性。自我情感中也有属于善的成分，抽象出来即是社会的伦理道德情感。但自我情感中还有永远属于自我个体的东西，如两性之间的感受、无意识、梦幻、刹那间的感觉等，这些东西也能在抒情诗中真实表现出来。所以，比起伦理道德情感来，自我情感是个体真实的更充分、更全面的反映，这就体现了西方抒情诗的智性文化基础。中国古代抒情诗的人伦情感已是属于善的情感。它也是真实的，但它的真实是从个体真实中抽象出来的群体的真实，这种真实反过来对个体而言就不一定完全是真实的，它更不可能是个体真实而充分的全面反映。西方抒情诗偏于显出情感的个体性、真实性，中国古代抒情诗偏于显出情感的群体性、道德性，这分别是明显的。

西方抒情诗的情感基于理智，是间接的并且通过了艺术真实的转换。这是情感与理智关系的一个方面。另一个方面，情感与理智又有对立性（意志与理智也有对立的一面），所以在西方文化中科学精神与诗从来又是相对的，甚至表现出冲突。较明显的早先有卢梭和华兹华斯等浪漫主义者对近代工业文明的憎恶，后来有现代主义和后现代主义诗歌对现代科技文明对人的异化的抗争。西方智性文化必然出现这种现象。在理智不占有应有地位而依赖意志（实践理性）及作为其附属物的情感的中国古代文化中，是不可能出现这种现象的。

由于科学精神的作用，西方抒情诗在题材和意象中必然出现某些有关科学（包括自然科学）的东西，与中国古代抒情诗比较这也是一个特点。

第五章　中外戏剧比较

第一节　欧洲古典戏剧及其特点比较

欧洲古典戏剧虽与东方古典戏剧俱属于诗体戏剧，但其艺术本源比较单一和明确。早期文艺复兴戏剧和古典主义戏剧主要是以希腊戏剧为典范。"言必称希腊"，从戏剧样式到戏剧理论甚至戏剧题材皆需从希腊找依据，因此，基本形成了以希腊戏剧为轴心向各国民族戏剧做辐射性影响的格局。

希腊戏剧直接产生于酒神祭典，是一种古老的原始宗教仪式。它的原初与东方戏剧一样，也是以歌舞为主体。但在形成戏剧的过程中，歌舞成分逐渐减弱，以至后来分离出去另行发展为独立的单体艺术品种（歌剧、舞剧等），故事表演则不断加重，对话（白）与动作（科）遂成为主要表现手段，以至一直沿袭至今。

因此，可以这么说，是古希腊的歌舞孕育了希腊戏剧，而希腊戏剧却用科白（对话与动作）取代了歌舞，并由此奠定了欧洲戏剧两千多年来的基本表现形态。

公元前 4 世纪，亚里士多德提出了影响深远的"摹仿论"，他在《诗学》中对希腊悲剧做了总结性的概括："悲剧是对于一个严肃、完整、有一定长度的行动的摹仿，它的媒介是语言，摹仿的方式是借人物的动作来表达，而不是采用叙述法。"这儿，他强调了悲剧的"摹仿"生活行动的功能，强调了悲剧中语言和动作的重要地位。在"摹仿论"的写实美学思想引导下，欧洲戏剧一直追求故事情节、戏剧情境和人物性格的真实再现，因此，较为接近生活的对话和动作必然成为主要表现手段。例如文艺复兴戏剧和古典主义戏剧即是如此，它们除保留诗体外，歌队已不复存在。尽管有时根据剧情需要出现一些歌舞片断，也是以剧中人的身份，作为一种生活场景的穿插，构成戏剧行动的一部分。至于近、现代写实剧则更为明显。因此，在欧洲语系中，"戏剧"（Drama）一词原意即动作、行动，到中国又译为"话剧"；演员为 Actor，一幕为 One act 等。由此可见，科白性是欧洲戏剧形态的主要表现特征，这与以乐舞性为主要特征的东方戏剧恰成对应。

东方古典戏剧的形成体现了多源综合的过程，是歌、舞、乐、诗、科白等多种艺术因素的交融结合。除了日本的"狂言"（科白剧）之外，歌舞是重要（如印度梵剧）或主要表现手段（如中国戏曲、日本能乐、人形净琉璃、歌舞伎）。以中国古典戏剧（戏曲）为例，在长期发展过程中，歌舞不仅不减，而且得到强化，甚至渗透到其他艺术成分中，使戏曲艺术更为精美，即使科白也加以音乐化、舞蹈化，以利于情感的抒发和意象的表现。

第二节　印度古典戏剧及其特点比较

印度古典戏剧（梵剧）虽晚于古希腊，但公元前后即已成熟，其文学成就并不比古希腊低，许多著名古典剧作家的剧作都达到同时期世界戏剧的最高峰。

我们从公元前 3000 年的摩亨约达罗的湿婆狂舞雕像的遗迹可以推断，在古印度早就有酬谢和祈祷湿婆神的原始艺人的存在，而湿婆则是传说中主司音乐、舞蹈、戏剧之神。

在公元前 3000—前 1000 年形成的《吠陀》诗集中，我们也可以找到一些有关原始征伐模拟仪式和戏剧性对话体诗的记录，因此又有《吠陀》成剧之说。公元前 2300—1750 世纪，印度处于奴隶制社会。宗教祭祀、民间迎神赛会都要进行戏剧性表演活动，节日佛像出巡便扮演佛本生故事。宗教对戏剧发展起了推动和保护作用。公元 1 世纪，佛教诗剧兴盛，当时南印度的庙宇就有演剧和保藏剧本的传统。

两大史诗——《摩诃婆罗多》和《罗摩衍那》不仅为古典戏剧提供了丰富的材料，而且影响到古典戏剧的语言、格律、文法、风格、思想内容。

公元前不久至 12 世纪是印度社会由奴隶制衰亡到封建制确立与发展的漫长时期。这时期初，出现了专业剧团、剧场、文人剧作家和剧作，得以集中人才和智力去提高戏剧水平，使之成为精美完善而独立的艺术。

从形式看，印度古典戏剧是歌、舞、诗、白相结合的综合型戏剧，更接近中国和日本的古典戏剧，同属东方乐舞性戏剧体系。但同中有异，中国古典戏剧是熔歌、舞、诗、白为一炉的表演艺术，它歌中有诗，歌舞合一，即使道白也讲究音乐气韵以及舞蹈化的身段、锣鼓点或音乐节奏的配合。印度古典戏剧（梵剧），从现存的剧本体例来看，在一般情况下，诗、歌、舞、白、哑剧等表现手段是作为独立的成分以交替穿插的方式存在，不像中国戏曲那样多重复合融化为一体，尤其不可能用音乐节奏统制舞台表演并贯穿于剧的始终，但与欧洲古典戏剧相比则差异较大，欧洲戏剧属重摹仿写实的科白性戏剧体系，在古希腊戏剧中，歌队唱诗，有时亦舞，甚至还介入剧情。不过总的说来，只作为叙述者或剧的背景存在，一旦进入正剧，人物仍以对白为主，其他成分极少。文艺复兴戏剧与古典主义戏剧虽然都以诗对话，但表演趋于写实，歌舞手段已不成为必须要求，仅有的歌舞穿插被看作剧中规定情景或人物行动的有机组成，从而只是一种生活自然的真实摹拟。因此，欧洲古典戏剧的综合性程度，尤其是歌舞成分显然弱于印度古典戏剧。但另一方面，由于印度古典戏剧的乐舞间断性，它的其余以对话与动作表现故事的部分，相对而言，又比较接近欧洲古典戏剧，当然，这只是指文学形式，至于舞台体现则异同南北。

印度古典戏剧的舞台体现采取自由时空原则和虚拟性表现方法。例如在《沙恭达罗》中，剧中场景草地、林中、河边等，主要依靠演员的台词和动作揭示；舞台提示中常用"绕行"表现从一处到另一处的时空变换。至于国王豆扇陀的"飞车追鹿"，沙恭达罗及女伴的"浇花""摘花状"等，恐怕都得通过虚拟表演才能实现。

印度古典戏剧的这一舞台特性，显然与中国、日本的古典戏剧一脉相通。正如苏珊·朗格所认识的："印度、中国、日本的戏剧，在远东都是如此，不仅能表现事件、感情，甚至连物也能被当作表演的对象。诚然，他们有舞台道具，但其作用是象征的而不是自然主义的。为了扩大其形式上的含义、扩大整个戏剧的情感效果，甚至可以牺牲对情感的摹仿。与情节有关的道具是通过姿势简单地暗示出来的。一个偶然登上战车的国王，只需用一个动作就可以表示这架战车。"

印度古典戏剧的自由时空、虚拟性舞台观与欧洲写实剧的固定时空、实景化、幻觉化舞台观确实存在着明显的歧义，这也是东西方戏剧不同美学追求所产生的舞台体现观念的根本区别。

第三节 中国古典戏剧及其特点比较

一、发生发展上的多元连续性

中国古典戏剧来源于歌舞、说唱、滑稽科白等多种艺术形式。在形成过程中，不断吸收新的艺术因素，包括外域外族的文化艺术，例如杂技、民间曲艺、木偶、武术等各种技艺，以丰富本体的艺术表现手段，体现充分的开放性和兼容性，使中国戏曲发展的长河百川归流，异彩纷呈。日本古典戏剧在形成过程中接受了中国古代文化艺术和戏剧文化的深重影响，因而表现为发生、发展上的亲和关系。印度古典戏剧的形成也与中国古典戏剧相近，有着一个多源综合过程（宗教祭祀歌舞故事表演与史诗演唱）。而欧洲古典戏剧源于古希腊酒神祭典，形成过程中歌舞成分不断减弱，直至分离，另成歌剧、舞剧等新艺术样式，科白则成为主要表现手段，这种一源性和分解的走向，恰与中国相反。

同时，中国古典戏剧的艺术形态成熟后，虽有南戏、杂剧、传奇之分，但一直交替兴盛，始终保持连续发展，生命不息，并在 18 世纪之前即已形成四次艺术与创作的高峰，集中体现了中国古典综合艺术的最高成就和民族美学理想的结晶。戏剧文学不但成为中国文学史元、明、清各时期的主要内容，而且在世界戏剧中亦占有极其显赫的地位。它产生过像关汉卿、王实甫、高明、汤显祖、洪昇、孔尚任等具有世界影响的伟大剧作家和《窦娥冤》《救风尘》《赵氏孤儿》《西厢记》《琵琶记》《牡丹亭》《长生殿》《桃花扇》等传世佳作，并且达到了同代世界戏剧的高峰。以一国之人才和成就，尽得数世之风流不败，实是世界文艺史上独一无二之壮举。

欧洲古典戏剧虽然立有古希腊、文艺复兴、古典主义等不朽的艺术丰碑，但在公元 5 世纪至 15 世纪整整 1000 年内也曾败落不举；印度古典戏剧成熟很早，向人类奉献过许多精美的硕果，但衰退也早，公元 12 世纪便悄然消失在历史舞台的帷幕后面；倒是日本古典戏剧例外，不但具有多源连续性特征，而且保持了四大剧种（能乐、狂言、人形净琉璃、歌舞伎）并立的格局。

二、高度综合的一体形态

中国古典戏剧与印度、日本古典戏剧同属东方乐舞性戏剧形态。它首先以高度综合的乐舞性特征区别于时间艺术与空间艺术一般综合的欧洲科白性戏剧。其次，中国古典戏剧不光是歌、舞、诗、科白、故事表演、音乐、曲艺、杂技、武术、美术等多种艺术形式和技能的紧密结合，而且达到交融一体的极致状态。在中国古典戏剧中，各种外来艺术因素或艺术手段，都要根据戏曲审美原则，经过舞蹈化、音乐化的重新熔铸，融入唱、做、念、打（舞）各类基本表现手法，使之达到精美的程度。这种一体性是高度综合形态的成熟性与完美性的优化体现。

中国古典戏剧艺术一体性统一于音乐的制约。"戏曲"之称即已说明戏与曲（音乐）之间的密切关系。戏曲音乐在中国古典戏剧中占有特殊的地位，这首先表现在戏曲文学与戏曲音乐的一体化。中国古典戏剧的声腔体系和音乐结构、体制决定剧本的文体、结构和样式，并随之变化而变化。不同的剧种、声腔体系也会造成剧本文体、结构样式的不同。例如元杂剧"四折一楔子"剧本体制即由北曲声腔体系的分宫联套音乐结构体制决定。传奇分出，采用南九宫体制的南曲声腔体系，使剧本结构更趋于科学、完善。此外，在古典戏曲中，每一宫调都有不同调性色彩（悲剧性、喜剧性、悲喜皆可）与表现功能，而南曲、北曲的宫调调性又略有不同，选择某一宫调也即确定了这一折（出）剧情的基本情调，北曲每折只能一宫到底，南曲则每出可放宽到二至三个宫调等，这些戏曲音乐机制的不同特点，无不影响到剧本结构的内部构建区别。

三、表现方式上的程式性和虚拟性

中国古典戏剧将原始的生活形态按照形式美的要求，加以变形和典型化，提炼成一套固有的、细密的、精美的程式规范，同时又固而不定、灵活变化，结合剧情和人物性格、心理状态、具体情境合理安排运用。这种程式性表现在表演、文学、音乐、舞台美术、演出体制等各个方面。其中以表演程式最为成熟、完善，也最有影响。

与程式性紧密相连的是虚拟性。中国古典戏剧舞台设置较为"简化"。写意的自由时空观念决定了戏曲舞台的时间、空间和人物行为可以采取虚拟方式表现出来，这就是最大限度利用戏剧的假定性原则，通过演员简练的、规范化的动作暗示观众，使之借助想象感受到并承认舞台上的客观存在，这便是虚拟性。戏曲艺术在虚拟性原则指导下，变有限为无限。结果，无所不能表现，无形胜于有形，可以收到意中之象、象外之意的审美效应，呈现出戏曲舞台独具的时空流动特性和空灵幽深的诗境。

欧洲古典戏剧也曾有过程式规范和虚拟表演的现象，但它在"摹仿论"的制约下，逐渐走上写实求真的创作道路，以自然真实地再现生活为准则，这不仅指事物的本质真实，还要求表象的真实，甚至细节的真实。

欧洲古典戏剧以人本位、人性、人道主义为思想核心，而中国古典戏剧内容则表现为人民性、民主性和民族本位意识。这显然是中西不同时代、不同社会环境和民族文化心理所致。

印度、日本的古典戏剧与中国一样，都很重视戏剧的教化作用。不同的是，印度古典戏剧发达于农业性的奴隶制社会，宗教意识成为那时代的统治思想，戏剧主要通过宗教思想的灌输来净化人的灵魂，达到"教训世人"的目的。其最终是对宗教的"梵境"，即清净、离欲、解脱的出世永生境界的追求，体现为一种宗教性的"顿悟"。中国古典戏剧则采取道德教化的方式，以促使人的道德完善，达到改变现实的目的，因此具有更大的现世性。日本古典戏剧呈现出兼有中、印特点的双重性，一方面受到中国文化的深重影响，强调戏剧的道德感化性能；另一方面自身文化晚熟，刚从奴隶制脱胎不久，作为原始心理的延续，还需要宗教精神的寄托。中日古典戏剧的不同之处，随着17世纪日本资本主义的发展，人形净琉璃和歌舞伎成为直接反映新兴市民生活和思想感情的市民戏剧（剧种，不仅是题材），而同时期的中国因为资本主义萌芽的薄弱，只有反映市民生活的剧目，没有单属市民的剧种。这个局面直到近代地方戏的兴起才得以改观。

第四节　日本古典戏剧及其特点比较

一、高度的综合性和技艺性

日本古典戏剧与中国、印度同属主情写意的东方乐舞性戏剧体系。它的发生也是从歌舞演故事起，而形成过程中又始终与歌舞结合，因此，除狂言外，歌舞乃其主要艺术表现手段，这点明显区别于欧洲古典戏剧那种以写实求真为美学追求的科白性戏剧形态，体现了高度的艺术综合性。此外，它由原始歌舞结合伎乐、舞乐、散乐等多种艺术因素，发展成能乐和狂言，后来又出现人形净琉璃和歌舞伎，走的是一条每一新生剧种都要比旧有剧种更加完善、更高程度综合的进程。这近似于印度古典戏剧的发生和中国古典戏剧的发展道路，却与欧洲古典戏剧形成中歌、舞、科白各自分离为独立舞台艺术的裂变性历程相背。

同时，由于日本古典戏剧特别强调歌舞音曲的重要地位，加上日本戏剧家对表演艺术精心刻意的追求，因而使它具有极强的技艺性与很高的观赏价值。例如世阿弥在《花传书》中就指出："表现一个剧目的情节的，就是念、唱的词章。所以在'能'里边，音曲是它的'本体'，而动作是它的'现象'。"他还说，"在编写剧本时，应以舞台上的演技为眼目加以编写，同时在按曲的时候应尽量使唱词与曲谱相得益彰"。因此，作为一个表演大师的世阿弥总是亲自编排剧目，以获取最理想的表演天地。

二、严密的程式性和规范性

日本古典戏剧与印度、中国古典戏剧一样，无论是剧本结构、演出体制还是表演艺术、舞台美术方面，都有一套完整、系统、严密的程式和规范。例如剧本结构和演出体制上的"序、破、急"规范，虚拟化和象征性的表演所形成的唱、做、念、舞（打）各种严格细密的程式；甚至出现了相当于中国戏曲手眼身法步的四十六项基本功的歌舞伎技术训练，还有角色的固定（能乐与狂言）和表演行当的精细分工（如歌舞伎）；服装、假发、面具或脸谱的分类定型等。这些程式规范在自由奔放、追求真实自然地反映生活的欧洲戏剧来说，简直是一种不可思议的繁杂。虽然欧洲古典戏剧也曾有过"三一律"、严格划分悲喜剧界限、喜剧人物的类型化等创作规范，但总体来说（尤其在表演艺术上）程式化程度不强。就创作规范而言，莎士比亚便没有理睬上述各种约束。当然，莎士比亚戏剧也有其自身的创作特征，同时还得接受欧洲戏剧一般规律（科白性、冲突与行动的高度集中原则）的制约。

程式规范化是东方古典戏剧的普遍现象，这由东西方戏剧不同美学追求与不同形态特征所决定。东方古典戏剧的主情写意美学观念与乐舞性综合形态特征，强调对生活做意象变形的美化提炼和歌舞的强烈节奏规律，都需要通过规范制约来统一调节，其本体也易于向程式化概括发展。自然，日本古典戏剧也不例外。

三、与中国古典戏剧的亲缘性

在日本古典戏剧的形成过程中，外来文化，尤其是中国的文化、戏剧、艺术的影响，占据特殊的历史地位。

作为中国戏曲来源的百戏、歌舞、滑稽戏、傀儡、巫傩、佛教唱经等，同时也是日本古典戏剧的主要形成因素。

中国早期戏剧的文学结构形式和演出体制对日本古典戏剧的结构和演出体制产生过重大的影响。

中国古典戏剧的表演艺术也深深影响着日本古典戏剧，例如，日本古典戏剧曾吸取或者仿用中国戏曲的表现方法和美学原理，因而与中国戏曲一脉相通，有着紧密的内在联系。

在剧目内容、题材（有时直接采用中国故事）、情调（哀怨、幽雅、诗境般）和情趣等方面，中日两国古典戏剧的基本观念极其相近。儒家的忠义道德观是两国古典戏剧中最常见的内容。悲喜剧混融，追求人情味和"团圆"结局的东方式观赏情趣等，这些也是两国古典戏剧所共有的创作特征。

第六章　中外小说比较

第一节　中外短篇小说演变的轨迹

一、中国短篇小说演变的轨迹

按照鲁迅的看法，小说起源于神话，从神话演进，故事渐近于人性，就是传说，由此再演进，则正事归为史，逸史即变为小说。若从小说必须要有故事这个角度说，《诗经》《山海经》《穆天子传》《诸子散文》《史记》中都有不少短小故事，也有人物，短篇小说最基本的两个条件已有了。因此，不妨说中国短篇小说的源头是多元的。

魏晋六朝志怪志人笔记体小说继承的是《山海经》、先秦散文简古的传统。志怪小说的片断性源于《山海经》等神话传说，而完整故事比较多，是为发展。魏晋六朝志怪小说多于志人小说，干宝的《搜神记》及刘义庆的《幽明录》最为著名。魏晋六朝小说作为中国短篇小说的雏形，不同于印度两大史诗和古希腊、古罗马长篇小说中所穿插的短篇故事，因为志怪志人小说的篇幅实在太短，也不依附于长篇。亦不同于西方中世纪的"韵文故事"和"谣曲"，那是用诗写的。它与印度后来的《五卷书》亦相异。《五卷书》有一个"框形结构"，又多是动物故事。魏晋六朝小说受印度佛说故事影响，不过要强调一下，先有道教志怪小说，后有佛教志怪小说。《太平广记》分九十一类，前四类都是道教故事。道教先给文人以想象灵感，佛教再给一次，本土文化影响是第一位，外来文化影响是第二位。志怪小说多是集子，不少已散失。世界古代短篇小说有集子，而且如此之多，除了印度，就算中国了。

唐已有白话小说及诗体小说。"变文"乃中国白话小说的源头。所谓变文，就是变更了佛经的本文，而成为老百姓听得懂的俗讲。变文是讲唱的，讲的部分用散文，唱的部分用韵文。"这种体裁，原来是从印度输入的"。"变文的来源，绝对不能在本土的文籍里来找到"。"这种体裁也不是中国固有的，而是来自印度"。说明中国佛教界人士率先汲取印度佛教文学的养料，在小说语体上首先打破文言禁区。白话小说诗文相间，文为白话，诗为文言，亦受"变文"影响。《韩朋赋》等赋体小说出现，上承《诗经》的叙事传统，是对汉赋只"体物"不叙事的改造，但此类"诗体小说"只是昙花一现，因为中国叙事文学的主要传统是用散文写小说。

自宋话本起，中国短篇小说进入了第三个重要阶段——白话小说与文言小说并行的阶段。鲁迅称之为"小说史的一大变迁"。宋话本不同于唐传奇：它属于城市平民文学，作者几乎不留姓名；下层人民第一次作为主人公成批地出现在小说中，突破"才子佳人"题材局限；多为集体创作、个人加工；用白话写，开一代文风。宋话本敢写悲剧，而且写的是平民的悲剧，像《碾玉观音》《错斩崔宁》便是。宋代文人在小说创作上并无多少成就，但在编辑古小说上贡献却很大。李昉（925—996）编辑的《太平广记》共五百卷，收6970多则故事。洪迈（1123—1202）编著的《夷坚志》收"四千事"。中国有这样巨型的古小说"全集"，西方没有，印度、日本也比不上。

元代文学的主要体裁是戏曲，小说是不发达的，据刘世德考证，话本小说有九种。小说不发达原因有四，多与元人入主中国有关：一是元人极喜爱歌舞戏曲；二是话本有前朝爱国声音；三是政府一度中断科举，文人以写戏曲为出路；四是戏曲在宋代已有较好基础。鲁迅说："元人入中国，则话本也不通行了。""元呢，它的词曲很发达，而小说方面，却没有什么可说"。在这里，我们又看到中国文学发展道路不同于其他国家的一个特点。少数民族的统治使一种新的文学体裁压倒另一种旧的文学体裁。

明朝取代元朝，小说又抬起头来。"三言""二拍"以及陆人龙的《型世言》相继出现，说明"拟话本"的繁荣。凌濛初应是中国第一位白话短篇小说大家。

明"拟话本"与宋话本比较有五点不同：由"讲话"变为作家书写文学；

由单篇到有集子；教化与商品化；表现新兴的市民意识；由短篇向中篇过渡。这最后一点说明中国写实的长篇小说问世已为时不远。明"拟话本"是明代市民生活的一部风俗史，不能只强调素材源于书本而忽视作者的现代意识。明"拟话本"量多及普及原因：一是市民娱乐需要；二是印刷业发展；三是李贽、三袁及冯梦龙等一批思想家和文艺家提高了通俗文学的地位。这与西方文艺复兴时期的情况也有些近似。《十日曲谈》仿作之多，是适应了市民娱乐的需要，也与印刷业发展有关；西方文艺复兴时期也有一批思想家和文艺家为通俗文学正名，摇旗呐喊。在文言小说方面，传奇自元代衰落之后，于明代又复延续，麗佑的《剪灯新话》（1378）传入日本、朝鲜、越南，产生了很大影响，亚洲人仿作最多，使它位居中国小说对外影响之首，是超越影响的典型例子。

清代白话短篇小说衰落，文言短篇小说成就高，这是总评。白话小说方面值得一谈的是李渔与艾衲居士，各有建树。李渔（1610—1680)的《无声戏》《十二楼》两个集子三十篇小说以《谭楚玉戏里传情，刘藐姑曲终死节》为第一佳作，因其结构紧凑、格调较高，均在其他二十九篇之上。李渔要将戏曲与小说打通，把小说集命名为"无声戏"，在《十二楼》第七篇《拂云楼》第四回末尾又说："看演这出'无声戏'。"他在《谭楚玉戏里传情》中还谈戏曲体验理论。他又认为"稗官为传奇蓝本"，深知中国小说是戏曲素材来源；戏曲编剧法亦得益于小说。他写小说强调情节单一，写戏曲主张多情节线索，他把自己四篇小说改编为传奇而增加了情节线索,使之更符合戏剧情节丰富性的要求。西方致力于打通戏剧小说的人不少，如亚里士多德、塞万提斯、菲尔丁、雨果、布莱希特。在中国，李渔是第一个致力于打通小说戏的人。艾衲居士的《豆棚闲话》以歌颂清朝新政为新观念《首阳山叔齐变节》，他与李渔都顺时代潮流而动，应予肯定。《豆棚闲话》也有一个"框形结构"。《十日谈》仿者甚众，《豆棚闲话》无人模仿，反而使它的结构在中国古典短篇小说史上占据独一无二的地位。清代白话短篇小说衰落的原因主要是受传统束缚，跳不出"三言""二拍"的框框，技术僵化。

二、外国短篇小说演变的轨迹

东西方短篇小说的关系，概而言之，在古代是东方影响西方，近代以后是西方影响东方。在东方文化圈中，印度短篇小说最古老，数量也最多，超过了中国。吠陀时期（公元前 15—前 4 世纪）印度已有短篇小说。到了史诗时期（公元前 4—4 世纪）印度短篇小说已很可观。两大史诗《摩诃婆罗多》《罗摩衍那》中有大量独立的故事。佛教经典"三藏"（公元前 3 世纪定型）中更有大量的故事，如根据巴利文经藏《小尼迦耶》译文改写的《佛本生故事》有 547 个故事。释迦牟尼（前 624—前 544）是世界上第一个伟大的"短篇小说家"。到了古典梵语文学时期（1—12 世纪），印度短篇小说进入辉煌时期，各种往世书中有大量故事。《百喻经》（早于 3 世纪）有 98 个故事。

《五卷书》（早于 6 世纪）有 80 多个故事。印度古代规模最大的一部故事总集是德富的《伟大的故事》（早于 6 世纪），总共 72 万颂（一颂两行诗），堪与中国的《太平广记》媲美，但《太平广记》产生在宋代初年，比《伟大的故事》晚了好几百年。此书已失传，但有三种改写本存在，以月天的《故事海》（成书于 11 世纪）最全。其他著名梵语故事集还有《僵尸鬼故事二十五则》《宝座故事三十二则》《鹦鹉故事七十则》《益世嘉言》等。印度短篇小说几乎都有一个"框形结构"，其源头始于两大史诗，《佛本生故事》《百喻经》《五卷书》《故事海》等无不如此。印度短篇小说的"框形结构"对阿拉伯的《一千零一夜》、各种《玛卡梅故事》、西方的《十日谈》有影响。印度短篇小说在中古文学时期（12—18 世纪）就衰落了。12—18 世纪是诗歌的时代，非小说时代。至于近现代印度短篇小说，早失去古代的辉煌，除了泰戈尔（1861—1941）、普列姆昌德（1880—1936）外，没有名家。究其原因，一是跳不出神话英雄传说宗教寓言动物故事题材的束缚，二是跳不出"框形结构"的束缚，三是缺乏写实性。

随着 19 世纪中后期欧美批判现实主义文学运动的兴起，"写真实、为人生"成为欧美作家的指导思想，写实的文学代替了浪漫的文学。以主观性为第一特征的浪漫主义思潮已经消逝，批判现实主义的短篇小说成为 19 世纪后期短篇小说的主流。它在法、俄、美三国取得最突出的成就。法国莫泊桑（1850—1893）和梅里美（1803—1870），俄国果戈理（1809—1852）、屠格涅夫（1818—1883）和契诃夫（1860—1904），美国马克·吐温（1835—1910）和欧·亨利（1862—1910）都是当时著名的短篇小说家，莫泊桑、契诃夫更是最杰出的双星。莫泊桑、契诃夫彻底打破了短篇小说依附长篇的结构。莫泊桑六部长篇小说不穿插短篇故事，契诃夫严格区分长、中、短篇小说的字数，从不写长篇小说。短篇小说一旦摆脱附庸长篇小说的地位后，独立发展的趋势即锐不可当。莫泊桑与契诃夫所创作的中短篇小说数量惊人。莫泊桑写了301篇中短篇小说，其中49篇未收入他亲自编辑的全集中。契诃夫写了470多篇中短篇小说。他们还有比较完整系统的短篇小说理论，如莫泊桑的《论小说》《梅塘之夜》这本书是怎样写成的，契诃夫的《论文学》有关部分等。他们理论的共同要点是：美在生活，短篇小说应向生活取材；美在提炼，应从生活素材中提炼；美在构思，要重视布局的严谨巧妙；美在含蓄，不能把意思写尽；美在性格，短篇小说以性格小说为上品；美在简洁，短篇小说字数要少，人物要少。莫泊桑与契诃夫各有自己的风格，是西方古典短篇小说两株独立的大树，其根已伸展到欧美、日本、中国，具有世界性影响。自批判现实主义短篇小说问世后，欧美的短篇小说已成为独立的文学品种，可与长篇小说、戏剧、诗歌争雄。由于此派小说的写实性、民主性及人道主义思想，由于它结构的巧妙及善于塑造人物，由于它题材的广阔及叙事法的多样，由于它直接继承了文艺复兴到浪漫主义小说的许多优点、并不拒绝接受传统，由于它是典范的"可读的小说"，迄今为止，它仍然是欧美短篇小说领域中根柢最深、影响最大、拥有最多读者的一派。西方批判现实主义短篇小说兴盛时，东方短篇小说已一蹶不振。西方影响东方的文学时期已经到来。

20世纪西方的短篇小说空前繁荣，无论从流派、体裁、题材、手法哪方面说，都向多元化方向发展。最为显著的特点是小说家文体革新的意识大为增强，

为过去任何时代的小说家所无。仅以得诺贝尔文学奖的短篇名家为例，英国吉卜林（1865—1936），俄国蒲宁（1870—1962），意大利皮蓝德娄（1867—1936），美国福克纳（1897—1962）、海明威（1899—1961）、斯坦贝克（1912—1968）的创作风格就各不相同。没有得诺贝尔奖的奥地利作家卡夫卡（1883

—1924）是西方现代主义文学的鼻祖，其短篇小说《变形记》（1912）是现代主义短篇小说的名作，既有荒诞性、象征性、意识流，又有一个相当完整的故事，一个血肉丰满的人物，可读性、现实性、思想性都很强，与否定浪漫主义、现实主义传统的"反小说"派的大多数小说不可同日而语。"反小说"派是西方现代小说的一股逆流，它的存在与衰落，正可供世界小说家以反面的鉴戒；在反面的意义上，也有助于西方小说的发展。由于西方 19 世纪浪漫主义与现实主义传统强大，给 20 世纪的西方短篇小说打下了一个很好的基础，这是它与东方现代短篇小说发展的重大不同。无可否认，在现当代世界短篇小说史上，西方短篇小说仍走在前头。但是，20 世纪西方短篇小说虽然名家名作甚多，而总的来说，尚未诞生诸如 19 世纪莫泊桑、契诃夫那样举世公认的权威，也难以举出能与现代长篇小说、戏剧、诗歌齐名的经典名作，原因之一是 20 世纪的作家是多面手，像皮蓝德娄的戏剧比小说更有名，福克纳的长篇小说比短篇小说更有名。很少有像契诃夫专门从事写作中短篇的小说家，这便分散了他们的才华。20 世纪西方短篇小说虽处在领先地位，仍未能超越古典的高峰。

第二节 中外短篇小说跨文化比较

中国古代短篇小说类型演变的轨迹很分明，即从魏晋六朝笔记小说到唐传奇到宋、元、明话本及拟话本到清代以《聊斋志异》和《阅微草堂笔记》为代表的文言小说。从魏晋六朝笔记小说到唐传奇，是一种类型接一种类型产生；从唐传奇到话本，也是一种类型接一种类型产生。自宋代始，白话小说与文言小说两种类型齐头并进。明拟话本是宋元话本的继续。清代文言小说是魏晋六朝小说与唐传奇的继续。《聊斋志异》是六朝小说与唐传奇的结合。《阅微草堂笔记》是笔记小说的循环。其发展的阶段甚为清晰，历史的线索也很清楚。

外国短篇小说类型演变的轨迹远远不如中国分明。以古希腊、古罗马的"短篇小说"而论，雅典公元前 5 世纪的"说书"已失传，穿插在后来的历史散文及长篇小说中的短篇故事，成不了气候，因为这些长篇小说到公元 4 世纪忽然绝了种。

西方中世纪的"韵文故事"和"谣曲"是一种"类型"，但保留下来的并不多。西方短篇小说从古代到文艺复兴前一个相当长时期内得不到发展，连他们自己的学者也不甚了然，所以西方短篇小说早期的类型史是一个难写的题目。相对来说，中国短篇小说早期的类型史比他们好写得多。

从文艺复兴开始，西方短篇小说也有了明显的类型，这就是系列短篇小说，有一个"框形结构"，如《十日谈》。从文艺复兴到 19 世纪浪漫主义短篇小说兴起前，几百年内，西方短篇小说的主要类型就是《十日谈》式的类型。

西方短篇小说还有一种类型，就是依附在长篇小说中的，可称之为"不独立"的类型。这种类型早在古希腊、古罗马的长篇小说中就已经出现，当时虽不成气候乃至死灭，但文艺复兴以后的西方小说家又拾起来大用而特用之，此风一直延续到西方现代小说。

东方短篇小说也有"框形结构"的系列短篇小说和依附在长篇叙事文学中的短篇小说两种类型，如印度就有大量"框形结构"的系列短篇小说，又影响了阿拉伯各国。有人认为，西方的《十日谈》式的作品，也是学印度的。在印度两大史诗中，大量穿插短篇故事，《摩诃婆罗多》穿插了两百个，著名的如《沙恭达罗》《那罗传》《罗摩传》《莎维德丽传》。《罗摩衍那》也有许许多多穿插性的小故事。印度富于叙事性的佛教经典中也有不少小故事。日本的《源氏物语》《平家物语》均穿插小故事。《伊势物语》是系列短篇小说。以上两种类型是中国短篇小说所罕见的。《十日谈》式的小说，大概中国古代短篇小说集中仅有一部，这就是清代艾衲居士的《豆棚闲话》，也有一个"框形结构"。至于依附于长篇叙事文学中的"不独立"的短篇小说类型，中国几乎没有。中国没有如印度那样的长篇诗体叙事文学，也没有如古希腊、古罗马那样的早期散文长篇小说。中国的长篇小说直到明清才发展起来，如《三国演义》《水浒传》《西游记》《儒林外史》，都可以说是短篇加短篇的结构，这种结构是学《史记》的，它把许多故事联在一起而成为一部长篇，其中的故事已成为长篇小说不可分割的一部分，并不是依附在长篇小说之内的。就是《儒林外史》有些故事如王冕画荷花之类，看似游离，实则与小说主题一致，也与西方依附于长篇中独立的短篇不同。西方长篇小说（如《金驴记》《堂·吉诃德》《匹克威克外传》）中那些短篇故事可以随便抽去几个而无伤于小说，王冕画荷花的故事则绝不能抽去，它起画龙点睛的作用。《金瓶梅》《红楼梦》都不穿插短篇故事，"红楼二尤"看似游离，也与书中主要人物发生关系。中国古代哲学著作有穿插短篇故事的，但是哲学不是叙事文学，更不是长篇小说。查中国短篇小说生长在长篇小说之中的写法，是从近代开始的。最典型的是吴沃尧（1866—1910）的《二十年目睹之怪现状》（1903—1910），全书共写了近两百种"怪现状"，包括大量掌故、笑话、传闻、实录及短篇故事。书中主人公"九死一生"除了讲自己的大故事外，又常常说"他人之事"，他还喜欢"叫人家说故事"。他有个笔记本——"九死一生的笔记"——就是专门记别人的故事的。吴沃尧甚至干脆将书中的某些故事抽出来，放到杂志去单独发表。如《月月小说》第五号所登载的《快升官》，就是从小说五十四回"告冒饷把弟卖把总"中抽出的，连人物姓名都完全一样。

这样的"穿插"法并非中国长篇小说传统，是与近代报纸杂志兴起，长篇小说适应报刊分期登载有关。吴沃尧这部小说，就是在《新小说》上连载的，从 1903 年到 1905 年，先发表四十五回，直到 1910 年才出齐八册，共一百零八回。因为是定期连载，来不及考虑结构，大可以将短篇故事任意塞进去凑数。这与狄更斯写《匹克威克外传》近似。《匹克威克外传》也是"以月刊形式问世"的，因此作者自说"并不打算有什么精巧的结构，甚至作者当时并没有认为有这样做的可能，因为这部小说本来就以散漫的形式发表的"。

中国古代短篇小说的结构变化多于西方，简单地说，我们是一种类型就是一种结构。我们短篇小说的类型多，结构变化也就多，文言与白话小说就是两种语言结构。六朝笔记体小说与唐传奇罕见以小故事引入大故事，话本及拟话本小说则大置以小故事引入大故事。六朝小说不知"描写"为何物，唐传奇的描写法则相当高明。六朝小说罕见以诗词入小说，话本及拟话本则多有诗词。宋话本《碾玉观音》开头就引了无名氏、黄夫人、王荆公、苏东坡、秦少游、邵尧夫、曾两府、朱希真、苏小妹、王岩叟等人共十一首诗词入话。在同一类型中，也各有特色，传奇如《古镜记》以"古镜"将十二个志怪故事串起来。传奇的叙事手法变化多于话本。话本如《南柯太守传》以蚁穴为人世间，叙事者站在人类世界之外看人类世界，陌生化的构思为传奇所无。

西方短篇小说的结构在一个相当长的历史时期内比中国的简单得多。干脆一点说就是薄伽丘式的结构。"人家怎样说，我就怎样写下来"（《十日谈》跋）。"只是平铺直叙，不敢有丝毫卖弄"（《十日谈》第四天故事开首语），故事要"完整"（出处同上）。不大用描写法，不大写人物心理，故事往往是模式化的：某地、某人、发生了什么事，后来如何，结果如何。但《十日谈》的"评论"叙事却极为出色，为我国唐传奇、宋话本所不及。

这里便有一个问题可以讨论，国内一些论者认为中国古代短篇小说结构简单，这话要具体分析。若比之西方古代至 19 世纪浪漫主义前的小说，我们古代短篇小说的结构显然比他们多姿多彩。我们不能只看到薄伽丘一部《十日谈》和它的"框形结构"，就自愧不如。

西方短篇小说结构发生大变化，是从 19 世纪初浪漫主义文学开始的，主要引入了心理结构及第一人称倒叙法。从浪漫主义以降，西方短篇小说的结构变化极为活跃，使东方瞩目。从此，西方就是东方短篇小说的老师了。由于引进了西方 19 世纪以降的短篇小说，中国现代短篇小说结构也发生了变化。

小说家广泛借鉴西方，从莫泊桑、契诃夫式的，到"意识流"式的"新小说"，不一而足。但必须强调，不少优秀的短篇小说家，同时使用中西两种小说结构写作，如鲁迅的《狂人日记》是意识流加象征主义式的，而《阿Q正传》却是典型的中国传统结构。以鲁迅为代表的中国现代短篇小说家群，从来都没有抛弃中国古代小说的结构。中国作家借鉴外来文学结构，以我为主，才有民族的生命。

第三节　中外长篇小说演变的轨迹

中国长篇小说的源头可追溯到《左传》《史记》。钱钟书《管锥编》说："《左传》记言而实乃拟言代言，谓是后世小说、院本中对话、宾白之椎轮草创，未过也。"丘炜菱《客云庐小说话》说："千古小说祖庭，应归司马迁。"因为从语言、结构、叙事技巧三方面说，《史记》都对中国散文长篇小说有极大影响。《史记》可视为"历史小说"，日本井上靖就是这样说的。西方长篇小说源头是诗，我们的长篇小说源头是散文，史诗是神话，我们的是历史；《荷马史诗》对日耳曼、斯拉夫民族而言是异域文化，《史记》是本土文化。源头不同，决定中西长篇小说走向与特点的不同。

中国长篇小说源头这样古老，为什么中国长篇小说又这样晚出，比不上古希腊、古罗马，也比不上日本，直到明清才有呢？原因有五：第一，中国文人只知写史，不知写历史小说，未能将历史观念转化为小说观念。第二，只知从短制角度去学《史记》，不知《史记》"短篇+短篇"的结构可敷衍成长篇小说。第三，文言文不利于长篇小说。胡适说："古文不曾作过长篇的小说。"第四，缺乏文化交流，古人未见过古罗马的《金驴记》、日本的《源氏物语》、法国的《巨人传》、西班牙的《唐·吉诃德》。第五，神话思维不发达。

中国长篇小说的产生发展，短篇小说实在帮了大忙，这就是"话本"。《三国演义》《水浒传》《西游记》都是从宋元话本中生出来的，先是短篇，然后拉长成中篇，最后才形成长篇。或许宋元戏曲也帮了忙，未有《三国演义》《水浒传》前，先有三国戏、水浒戏。元杂剧中的三国戏有四十多种，水浒戏有二十多种，长篇小说家可"偷"之。因此，我们不妨说《史记》是中国长篇小说的远祖，"话本"是近宗，戏曲对中国长篇小说的诞生亦有助力。不过，我们不能忘记印度文学的帮助，例如《西游记》受印度佛教文学的影响。

在艺术上，《三国演义》《水浒传》《西游记》以富于戏剧性的故事情节见属于"浪漫主义"型的作品。《金瓶梅》《儒林外史》《红楼梦》以描写"世事""人情"取胜，属"现实主义"的作品。中国古典长篇小说的结构很有特色，《三国演义》是纪传体结构加编年体的结构，它以人物传记为中心，又按年月顺序编故事。鲁迅说它"首尾九十七年事实，皆排比陈寿《三国志》及裴松之注，间亦仍采平话，又加推演而作之"。但有一个中心，就是"桃园三结义"。有学者认为中心是"三顾茅庐"，因能体现全书"安邦定国"的主旨《水浒传》的结构是《三国演义》的演进，一百单八将也是纪传，也有一个中心，就是"替天行道"。至《西游记》一变，以唐僧师徒四人取经为中心，故事集中了。到《金瓶梅》又一变，以一个家庭的故事为中心，故事更集中了。《儒林外史》以"儒林"为描写群体而无中心，又是一种结构。《红楼梦》问世，使中国古典长篇小说的结构发生了飞跃，它以神话结构为深层结构，情节结构为表层结构，是复合结构，神话结构巧夺天工，又以诗写出。《红楼梦》的复合结构在世界长篇小说中很难找到可与媲美的，它的全知叙事法实在高于《百年孤独》。所有这些中国古典长篇名著都把塑造性格作为头等重要的使命，它们所塑造的典型人物，不是个别的，而是成批的。中国古代文学中最著名的、家喻户晓的典型人物，大都是由这几部长篇小说提供的。从语言艺术上说，《水浒传》《西游记》《金瓶梅》《儒林外史》《红楼梦》五部小说是中国汉语白话艺术的宝库，是中国现当代文人中有识之士取之不竭用之不尽的艺术语言的源泉。

晚清小说繁荣，指"量"不指"质"，指长篇不指短篇，名作只有李伯元60回的《官场现形记》（1901—1903）、吴趼人108回的《二十年目睹之怪现状》（1866—1910）、曾朴35回的《孽海花》（1903—1927）及刘鹗的《老残游记》，鲁迅称之为清末四大谴责小说。我们若要了解鸦片战争到民国前的官场、儒林、市井百态，不妨看看这四部小说，增加感性认识，是教科书所不能代替的，因此它们有相当高的认识价值。《官场现形记》与《老残游记》颇具语言艺术魅力。《官场现形记》专门暴露清末官场黑暗，上至宫廷，下至小官，一网收尽，题材集中如《儒林外史》，没有主线的散漫结构亦如《儒林外史》。此书的价值在于"大胆暴露"四字，作者以清末宫廷官场真人真事为蓝本，放声嘲骂，切中时弊，首开"谴责小说"之风，取得轰动的社会效应，时人仿作纷出，吴趼人、曾朴均受其影响。《孽海花》有个金雯青与傅彩云的完整故事，可读性最强。书中273个男女多是当时的真人，诚如鲁迅所说"书中人物几无不有所影射"，其中许多是我们至今熟知的历史名人，说是片片断断的人物逸事传记亦无不可。《二十年目睹之怪现状》的结构可与法国勒萨日的《吉尔·布拉斯》比较。西方没有中国这样的纪实谴责小说，不能不说是中国小说史的一个特色，应给这"四大谴责小说"较高的文学历史地位。

中国长篇小说的复兴是在"五四"新文学运动之后，复兴的动力有三：第一，林纾的数量众多的翻译，这是第一动力。林纾译了181种外国作品，长篇小说占压倒的绝大多数。第二，新小说理论大量涌现，这是第二动力。林琴南、严复、夏曾佑、吴沃尧、梁启超、徐念慈、王国维、鲁迅的小说理论最突出的一点，就是将中西长篇小说加以比较，以他人为镜照出自己之不足。第三，引进左拉自然主义理论及系列小说结构，这是第三动力。巴金、茅盾即为左拉在中国的传入，不过，这是较后的动力，是五四运动后的事。中国长篇小说的复兴，比短篇小说晚了十年左右，其在文学历史上已有定评的作品，多在20世纪二三十年代出现，如叶绍钧的《愧焕之》（1930）；巴金的《激流三部曲》：《家》（1931）、《春》（1938）、《秋》（1940）。

新中国成立后的长篇小说大体上可分为三个阶段，前十七年、"文革"十年、新时期迄今。前十七年的小说以革命和战争为主要题材，主要人物是革命者和战斗英雄，不少作者是长期参加革命的老同志。这个时期，人们比较熟悉的小说有柳青的《铜墙铁壁》（1951）、李英儒的《野火春风斗古城》（1958）、吴强的《红日》（1958）、梁斌的《红旗谱》（1959）、冯德英的《苦菜花》（1959）、罗广斌和杨益言的《红岩》（1961）。其中以《红旗谱》成就最高，最接近中国古典文学传统。这些小说作为一个整体，构成了反映血与火的时代的史诗式的长卷，弥补了新中国成立前长篇小说在这方面的空白。

将新时期的长篇小说和传统的小说比较可发现以下新特点：其一，不写（或少写）革命和战争，而写新中国成立以来特别是"反右"以来的社会政治生活及其留在人们心上的烙印，题材更贴近现实。其二，不写"高、大、全"的人物，着重写普通人的人性，"正面人物"的概念与过去大不相同，十全十美的人物几乎绝迹。其三，喜欢写"恶之花"的题材，从扭曲的人性中发掘人性善的东西，揭发和抨击极"左"思潮及社会的阴暗面对人性的伤害，同时也批判这扭曲的人性本身。其四，倾向性由鲜明到隐蔽。其五，20世纪80年代开始，不少作家广泛使用寓言象征手法，书名已含象征寓言性者如：《活动变人形》《红高粱家族》《玫瑰门》《古船》《白鹿原》等，有的小说如《古船》还有一个象征系统。其六，结构从稳定凝重转向多元开放。

《人啊，人》《冬天里的春天》《隐形伴侣》是"意识流"小说。《金牧场》《马桥词典》是结构小说。《古船》《红高粱家族》《白鹿原》有神话的色彩，《白鹿原》引进了多声部复调结构。其七，向民族传统回归，《古船》《红高粱家族》《白鹿原》大都如此。《白鹿原》的根深入到中国民族文学传统之中，它出色地继承了中国"志怪小说"的笔法，尤其表现在女性形象的成功塑造上。田小娥是小说中最动人的悲剧形象，作者用中国志怪文学中著名的悲剧女性白娘子、祝英台借喻她、衬托她，这种"借喻"和"衬托"调动了志怪小说几乎一切的艺术手段，所以十分有力。作者在塑造小说中最成功的女性形象时，传统起了决定性作用。其八，开放的历史观。作家们从多角度接触历史真实，审视历史进程，表现出一种大文化的视野，不进行判断，典型例子是《白鹿原》。其九，新一代女性作家群崛起，如张洁、王安忆、铁凝等。几乎所有新时期崛起的女作家，都有一个从写纯洁的女性到写复杂的女性的过程，文风都从温柔到泼辣。

东西方长篇小说的发展道路和短篇小说不同，不存在古代东方影响西方的问题。东方古代长篇小说总的来说是比较落后的。印度长篇小说举步维艰，有学者认为《迦丹波利》《十王子传》（二书产生于6、7世纪）是印度最早的长篇小说，季羡林不同意，他认为"印度古代几乎没有小说创作的传统"。印度长篇小说发展缓慢的原因主要是受宗教经典束缚。印度古代的长篇诗体叙事文学十分发达，但因为是婆罗门教和佛教的经典，后人只能限于模仿，把精力都放到仿作上去了。印度现代的长篇小说也不发达，泰戈尔的小说亦多取材于史诗和往世书。季羡林说："泰戈尔的几部长篇小说，形式和技巧完全是西方的，除了内容以外，一点印度色彩也没有。"日本的情况比印度好。日本长篇小说的发展与诗、短篇小说关系密切，《伊势物语》（10世纪初）由125个短篇汇集而成，全篇由没落贵族在原业平这个人物贯穿起来，写他一生的风流韵事，以他的"和歌"为主体，又用"散文"加以解释。《宇津保物语》（产生于 10 世纪末）的故事结构仿效《竹取物语》，但缺乏内在的统一性和艺术的完美性。

西方长篇小说的源头是《荷马史诗》，菲尔丁说它"是后来小说的胚胎"。卢奇安说它是希腊传奇小说的滥觞。公元前 3—3 世纪，古希腊、古罗马出现十部以上长篇小说，多数用散文写，少数韵散间杂，以阿普列尤斯的《金驴记》最有名。《金驴记》是世界上第一部最完整的散文长篇小说。古罗马的散文长篇小说到了 4 世纪时忽然消失了，原因不详。这一类型的传奇，到了第 4 世纪就中止，令人费解。

18 世纪的"哥特小说"是流传最广的文学体裁之一，它直接促进了 19 世纪浪漫主义历史小说的发展。它继承了中古基督教文学、骑士文学的传统，说明西方"志怪"小说可向历史小说转化。在 18 世纪的小说中，斯特恩的《项狄传》（1760—1767）是一部奇书，从内容到形式都是对同代作家的"反讽"，它出色地继承了拉伯雷、塞万提斯、伏尔泰的传统。它一反常规的叙事技巧使同代作家瞠目结舌，群起攻之。它开西方现代主义小说结构的先声。

从 18 世纪开始，散文长篇小说便成为西方文学最重要的类型之一，而源远流长的诗体长篇叙事文学日见衰落。拜伦把自己的长诗《唐璜》（1818—1823）称为"史诗"，普希金把自己的长诗《欧根·奥涅金》（1823—1831）称为"诗体小说"，亦说明西方诗体叙事文学与长篇小说之关系，但这两部名著是欧洲诗体叙事文学最后的辉煌了。

19 世纪西方长篇小说出现浪漫主义、批判现实主义、自然主义三大流派。

浪漫主义长篇小说的成就仅次于诗歌而高于戏剧。英国司各脱是西方历史小说之父，《艾凡赫》（1832）是其代表作。小说借鉴《荷马史诗》、中古英雄史诗《罗兰之歌》、莎士比亚的《李尔王》及《威尼斯商人》，古典主义悲剧的痕迹十分明显。

19 世纪后期，自然主义小说崛起，左拉是理论的代表。他的代表作是《鲁贡·马加尔家族》，副标题是"第二帝国时代一个家族的自然史和社会史"，由 20 部长篇小说组成，也是系列小说，因为写一个家族，所以各部小说之间情节与人物的联系强于《人间喜剧》。"自然史"说明左拉的生物学倾向，"社会史"说明现实主义倾向。

　　20 世纪西方长篇小说可分为现实主义与现代主义两大流派。现实主义仍然有强大的生命力，仅以获诺贝尔文学奖者为例就有法国的罗曼·罗兰、德国的托马斯·曼、美国的刘易斯、英国的高尔斯华绥、美国的赛珍珠和斯坦贝克、德国的伯尔、美国的贝洛和海明威等人。被誉为美国当代最杰出的小说家厄普代克虽未获诺贝尔文学奖，但其《兔子》四部曲（1960—1990）是公认的现实主义名著。

第四节　中外长篇小说跨文化比较

一、《史记》与《荷马史诗》

《史记》和《荷马史诗》是中国和西方长篇小说的源头，关系到中国和西方长篇小说的走向和特点，值得比较。

（1）诗的源头与散文的源头。《荷马史诗》用诗写成。西方诗体长篇叙事文学源远流长，历经古罗马、中世纪、文艺复兴，至17、18世纪而不衰，19世纪还有拜伦自称为"史诗"的《唐璜》，普希金自称为"诗体小说"的《欧根·奥涅金》。西方长篇小说也是从诗演变而来的，自中世纪始，文体演变轨迹分明，就是诗体骑士传奇、韵散结合的骑士传奇、散文骑士传奇。中国则不同，《史记》是散文体，明清的长篇小说全是散文体。中国长篇小说的源头是散文，后来也是散文，没有一个从诗到散文的文体演变过程。

（2）神话的源头与历史的源头。《荷马史诗》是神话，特洛伊战争在史诗中披上了神话外衣。亚里士多德说荷马的本领是"把谎话说得圆"，已说明史诗的神话特点。《史记》则不同，司马迁说："至《禹本纪》《山海经》所有怪物，余不敢言之也。"司马迁在《五帝本纪》及《夏本纪》中不写神话，夔、龙、虎、熊这些本来是神话传说中的异兽通通变成了舜的臣子。荷马把历史神话化，司马迁把神话历史化。

（3）叙事法不同。《荷马史诗》是戏剧叙事、"一条绳子"叙事、第一人称倒叙叙事三者并举。所谓"戏剧叙事"，就是只选择事件的一部分，并不把这个事件全部写出来。亚里士多德说："唯有荷马的天赋的才能，如我们所说的，高人一等。从这一点上也可以看出来：他没有企图把战争整个写出来，尽管它有始有终。因为那样一来，故事就会太长，不能一览而尽，即使长度可以控制，但细节繁多，故事就会趋于复杂，荷马只选择其中一部分，而把许多别的部分作为穿插。"

《史记》则不同，用直叙法及"短篇+短篇"法。司马迁在《苏秦列传》中说他写苏秦的方法是"列其行事，次其时序"（列出他的事迹，依照正确的时间顺序加以陈述）。《史记》除了个别纪传有补叙（《孟尝君列传》中冯谖客孟尝君部分）外，全用直叙法。纪传体必须用直叙法才符合人物一生的经历顺序。中国的长篇小说几乎全都用直叙法写成，不能不说是受了《史记》的影响。《史记》每篇纪传是独立的，又用历史朝代及"互见"法串连起来，是短篇加长篇成长篇的叙事结构。

二、性格塑造

世界长篇小说家塑造了各种性格，道德标准审美评价大致相同，可归纳为三句话：女性美于男性、善恶性格分明、复杂与单纯性格都有审美价值。

《荷马史诗》的妇女观是大男子主义，其中的英雄绝大多数是女性的奴役者。恩格斯曾用《荷马史诗》说明"最初的阶级压迫是跟男性对女性的奴役相一致的"。但是，我们拨开史诗男性中心主义的乌云，也可以看见女性美德的闪光在《奥德修纪》中尤其夺目，以至有人认为它出自女性作家之手。如卡吕蒲索的"怜悯之情"，劳西嘉雅的细心、多情、知礼，潘奈洛佩拒婚试夫的坚贞机智，都令人击节叹赏。西方文学到骑士传奇时男女地位便发生明显的变化，不是男性高于女性，而是相反。骑士道德的一条重要原则就是崇拜女性。是忠于亚瑟王还是忠于王后桂乃芬，使中世纪骑士文学中最著名的骑士郎世乐内心发生了尖锐的矛盾，他完全倒向了女性一边。18、19 世纪感伤主义、浪漫主义、批判现实主义、唯美主义文学中的女性地位相当高。

中国古代长篇小说家对女性的态度觉悟较晚，不如诗人、短篇小说家、戏曲家。罗贯中、施耐庵都认为女人是祸水。《三国演义》中的貂蝉是"礼品"，王允将她同时送给吕布与董卓，又让李儒仰天长叹"吾等皆死于妇人之手矣"。《水浒传》的妇女观十分落后，妇人大都是小人、贱人、坏人。宋江、武松、杨雄、卢俊义都残杀过女性。到《金瓶梅》，以女性为书名，有同情女性倾向（如写李瓶儿之死），武松杀嫂的写法重点写武松的凶狠。中国的女权主义批评家认为此书是让女性扬眉吐气之书性人物外，仅大小丫头就超过一百。女性形象如此之多，写得如此之好，在世界小说中独一无二。李汝珍（1763—1870）的《镜花缘》堪称一部"女权主义"的书，胡适说："他的'女儿国'一大段，将来一定要成为世界女权史上的一篇永远不朽的大文，他对于女子贞操，女子教育，女子选举等等问题的见解，将来一定要在中国女权史上占一个很光辉的位置，这是我对于《镜花缘》的预言。"

"五四"新文化的精神成果是"人"的发现，周作人在《人的文学》中把"人"的发现与女性的发现同等齐观，认为"人"的发现最突出的贡献是女性的发现。在中国新文学中，茅盾和巴金继承了曹雪芹同情与歌颂女性的传统。茅盾写《蚀》三部曲的动机就是因几个女性引起的。他说："我又打算忙里偷闲来试写小说了。这是因为有几个女性的思想意识引起了我的注意。她们给我一个强烈的对照，我那试写小说的企图也就一天一天加强。"学者指出："女性知识分子在《蚀》和《虹》中占了主要地位，这在中国小说史上是第一次，这也是茅盾对中国现代文学的重要贡献。"

我们主张描写人性的真实，反对把人物性格脸谱化，因此高度评价西方作家笔下的复杂性格的人性真实和艺术美，但我们绝不能忽视西方长篇小说中还有大量单纯性格的人物存在。《喧哗与骚动》《百年孤独》《断头台》乃至19世纪小说中最美的人物形象不是复杂性格的形象而是单纯美的形象。我们更不能忽视继承和发扬自己民族的优秀文学传统，中国长篇小说的正面人物力求保持内心的平衡与和谐，执着追求一种信念，一种理想，中国人民素有善恶分明的道德意识与审美意识，这并不是污水，不能泼出去。倘若把人格分裂、多重人格的人物作为最高档次的典型，忽视了性格的单纯美，仿佛性格越复杂越好，越见作家写人物的本领，这就会导致另外一种观念论，贬低以致否定中外小说上大量存在的单纯性格美的正面典型人物，并对当代作家的写作产生错误的导向。

世界各国长篇小说中有一类极恶的人物，作家对其态度就是批判、否定，绝不手软。如逼使包法利夫人自杀的贵族地主罗道耳弗、见习生赖昂、高利贷商人勒乐。又如《卡拉玛佐夫兄弟》中强奸疯女的老卡拉玛佐夫、杀父凶手斯麦尔佳科夫，还有那个连阿摩沙这样菩萨心肠的人也喊出该"枪毙"的退休将军。美国菲兹杰拉德的名著《了不起的盖茨比》（1925）也是一个例子。幻想型的农家青年盖茨比是作家同情怜悯的人物，他的对立面汤姆、黛西这些上层人物是作家批判、唾骂的对象。作者用隐身法借书中一位名叫卡罗威的道德评论家以第一人称的口述表现了自己鲜明的臧否倾向。不过，世界各国长篇小说中好人多于坏人，或者说正面人物、被同情被怜悯人物多于反面人物，因为世界各国长篇小说家多有一颗大心，他（她）们着重要表现的是人性善的一面，他（她）们真诚希望自己的小说有劝世的意义。巴尔扎克说自己小说中的正面人物多于反面人物，适用于世界各国长篇小说家的绝大多数。

中国古典长篇小说一贯有正反分明的人物系统，所谓"忠奸分明"。《三国演义》《水浒传》《西游记》全都这样。中国现当代长篇小说家爱憎分明的倾向尤为强烈，因为作家写的不是历史、神话，而是现实题材，作家总要表态。例如茅盾在《子夜》中一定要否定吴荪甫的对立面赵伯韬，他是个买办资本家。陈忠实在《白鹿原》中一定要否定鹿子霖和白孝文。否则读者就通不过。

中国人受儒家思想影响，素有"忠奸分明"的道德和审美观念，作家也有同样的道德审美观念。中国作家的理想主义一向强烈，总要把正面人物写得更美一些。中国作家的笔擅于化复杂为单纯。

第七章　中外文学理论比较

第一节　三大文论源头

如果我们将全世界的文学理论比作一条由各种源头逐渐汇成的漫漫长河，那么，它最早的源头来自何方呢？世界上讲文艺理论只有三个地方能言之成理，自成体系。一是中国，有几千年了；一是印度，它的文艺理论相当多；还有西欧，从柏拉图、亚里士多德到康德、黑格尔、席勒到近代的里普斯、克罗齐等。这三套理论的表现方式不同。季羡林先生的这段话，实际上指出了世界文学批评史的三大源头。

究竟这源头最早滥觞于何处？现在已经无法非常准确地指出其地点与年代了。《尚书·尧典》所谓"诗言志"之说，曾被认为是中国历代诗论"开山的纲领"，而毕达哥拉斯与德谟克利特所谈到的"和谐"则被视为古希腊文论最早的基本范畴。这些大概就是世界文学批评史的滥觞吧。

中国先秦诸子并出，"百家争鸣"的时期，也恰值古希腊哲人蜂起，学术繁荣的黄金时代。中西方的哲人们都不同程度地提出了一些极有价值且影响深远的理论观点，形成了世界文学理论的第一次高峰。

毕达哥拉斯（前580—前500）、赫拉克利特（前540—前480）大致与老子（约前576—前498）、孔子（前551—前476）同时。毕达哥拉斯与赫拉克利特同时提出了"美在和谐"的命题，老子则提出了"大音""大象"。

与毕达哥拉斯等人相似，对中国文化影响深远的孔子也追求一种和谐之美。不过，毕达哥拉斯等所讲的和谐，是一种从自然科学角度出发的形式和谐美，而孔子讲和谐，首先是从伦理道德出发，他非常推崇中庸之德，认为《"过犹不及"》文学艺术同样如此，"乐而不淫，哀而不伤"的诗风才是最理想的，它符合中庸之德，不过分，具有和谐之美，因为"和，乐之本也"。这就是后世奉为金科玉律的中和美，"故乐者，天地之命，中和之纪"。为了达到这种和谐美，孔子主张节制情感，反对过分的情感宣泄，反对太浓艳之作。这种和谐说，实质上是以伦理道德观念来节制文学中情欲的抒发宣泄，是一种偏重功利主义的文艺思想。显然，孔子最关心的是文艺的社会功能。他说："乐云乐云，钟鼓云乎哉！"文艺并不仅仅是敲敲钟打打鼓，而是有着重要的社会功用：可以"事父、事君"，可以"兴、观、群、怨"，可以"授之以政、使于四方"，更可以使人们"无邪"，从而达到人心淳和，天下安宁的局面。否则无论其艺术水平多高，孔子皆不能容忍。这种文艺观极大地影响了中国数千年的文学理论，使中国古代文论常常偏重于社会教化功能一隅，产生了占主导地位的"文以载道"的文艺思想。

比孔子小 120 多岁的古希腊哲人柏拉图（前 427—前 347），也提出了与孔子相近似的文艺观点。孔子曾力图恢复周王朝，而诗乐不过是为其政治目的服务的项目之一。柏拉图则提出了一个"理想国"，其文艺观点，也是为理想国政治服务的组成部分。柏拉图提出艺术必须表现善行，要"敬神"，要"正义"，要"节制"。总而言之，要为理想国的政治伦理服务。用这种功利观来衡量文艺作品，柏拉图不可避免地走向了与孔子"放郑声"相似的偏狭观点，指责文艺家"奉迎人性中低劣的部分……摧残理性部分""并且制造出一些和真理相隔甚远的影像"。因此，柏拉图对文学艺术与文艺家下了驱逐令：把诗人驱逐出理想国，"除掉颂神和赞美好人的诗歌外，不准一切诗歌闯入国境"。对神的敬仰和对文艺的功利性观念，虽然使柏拉图得出了错误的结论，但由于柏拉图所具有的哲学造诣和文艺才华，使他极睿智地提出了人类文艺活动中带有实质性的问题，从而翻开了西方文论史新的一页，开始了真正对一般性文艺观念的理论研究。

在柏拉图偏激观点提出之前，中国的墨子（前 468—前 376）提出了一种比孔子"放郑声"更激烈而与柏拉图立场相近的观点："非乐"。所谓"非乐"即"为乐非也"。墨子为什么要指责文艺呢？在墨子看来，文艺表演要花不少财力物力，势必夺民衣食之财，危害国家，"上考之，不中圣王之事；下度之，不中万民之利。"故墨子曰："为乐非也"。这种为国家利益而废除文艺的主张与柏拉图为了理想国的利益而将诗人赶走的主张的立足点是一致的，理由则稍有不同。

比墨子小几岁的古希腊著名哲学家德漠克利特（前460—前370），也提出了一些值得注意的关于美、灵感与摹仿的观点。而他们的摹仿说，又直接导致了亚里士多德（前384—前322）那影响极深远的摹仿说的诞生。身为柏拉图的学生，亚里士多德并不唯师命是从，而是汲取精华，扬弃糟粕，提出了一整套自己的文论观点。

比亚里士多德小十多岁的中国先秦哲人孟子（前372—前289）与庄子（前369—前286），也提出了一些对中国数千年文论有深远影响的观点。例如孟子的"浩然之气""美"与"大"的区别等。不过，就对中国古代社会政治的影响而言，孔子与孟子无疑占据主导地位，但具体到文艺思想而言，在某种程度上老子与庄子超过了孔、孟，尤其是庄子的文艺思想，以其深刻睿智的见解，提出了不少极有价值的观点。与柏拉图、墨子相似，庄子对文艺曾大加指责。不过，柏拉图虽指责文艺，并不是认为文艺不给人以美感，而是对国家不利。庄子则不然，他反对文艺，是因为他认为文艺破坏了人的本性，使其失去了本然的东西，他秉承老子"五色令人目盲，五音令人耳聋"的观点，认为"失性有五：一曰五色乱目，使目不明；二曰五声乱耳，使耳不聪；……"而所谓圣人制礼作乐，正是破坏人类本性的罪魁，因此，庄子主张"擢乱六律，练绝竽瑟""灭文章，散五采"，这简直就是要消灭文艺了。不过，明眼人不难看出，庄子所反对的，是令人失却本性的仁义礼乐，他真正向往的，是返璞归真，与大自然同化（物化），物我交融的审美境界，而这正是一种艺术精神。庄子认为，"天地有大美而不言"，这是"天籁"之美，是素美，真美。庄子的这一观点，极大地影响了中国古代的审美观。在具体理论问题上，庄子也提出了不少很有价值的看法，如："虚静"，这是一种排除杂念干扰，而进入一种审美境界的方法，只要进入虚静之境界，便能容纳万物，达到人神美境。

总而言之，世界批评史之长河可以说同时发源于古希腊和中国先秦。中西方同时进入了一个百家争鸣、学术繁荣、文学理论逐渐兴盛的时期。中西方都提出了各具特色的早期文学理论，并产生了理论专著。但总的来看，以柏拉图和亚里士多德为代表的古希腊文学理论，其整体水平高于以孔子、庄子等为代表的中国先秦文学理论。

此后，中西方文学艺术及学术皆开始衰微。两汉时期，中国相继出现的《毛诗序》《楚辞章句序》及司马迁、班固、扬雄、王充等人的文论，既无先秦诸子的深刻睿智，又无魏晋南北朝的辉煌灿烂。与此相似，自古罗马帝国取代古希腊以后，西方文论也跌入了低谷，相继产生的贺拉斯的《诗艺》、朗吉弩斯的《论崇高》以及普罗提诺的《九章集》，已经无法与亚里士多德等人争雄。当然，无可否认，这时也提出了一些有一定影响的文论观点，例如，《诗序》提出的"赋、比、兴"说、司马迁（前145—前90）的"发愤著书"说、王充（27—97）提出的"真美""文实相符"等观点以及贺拉斯（前65—前8）的"寓教于乐"说、作诗技巧及人物性格类型说、朗吉弩斯的"崇高论"。这些理论或多或少对中西各自的文学理论产生过一定程度的影响，有的还是较重要的影响。例如"赋、比、兴"说对中国文学产生了决定性的影响，贺拉斯的理论成为17世纪古典主义的基石，王充的文论为南北朝文论的萌芽，朗吉弩斯的"崇高论"直接导致了西方近现代的崇高理论。

第二节 亚洲的黄金时代

一、中国文学理论的高峰

亚洲文论黄金时代的第一乐章是中国魏晋南北朝时期文论。在中国文论史上，魏晋南北朝文艺理论的繁荣甚至形成了一个空前绝后的文艺理论高峰。

文艺理论繁荣的第一个标志是大量文艺理论著作的涌现。中国魏晋南北朝出现了"体大而虑周"的文论专著《文心雕龙》以及专论五言诗的诗学专著《诗品》。另外，还有李充《翰林论》、葛洪《抱朴子外篇》以及沈约《宋书·谢灵运传论》、萧子显《南齐书·文学传论》、萧统《文选序》、裴子野《雕虫论》、萧绎《金楼子·立言》等论著。从理论上来看，魏晋南北朝文论之特征，集中体现在对传统文艺观的反叛与新的审美意识的建立上。这种反叛和建立，主要有如下几点：

首先是反对轻视文学的观点，提高文学的地位。曹丕《典论·论文》首先向这种旧观念开战，提出文章乃"经国之大业，不朽之盛事。"葛洪《抱朴子外篇》则更进一步，提出文章与德行应当并重，甚至文章比德行更胜一筹，因为"德行为有事，优劣易见，文章微妙，其体难识。夫易见者粗也，难识者精也。"《抱朴子·尚博》这亦从理论上大大地提高了文学的地位。

其次是对文学本质特征的认识逐步深入。魏晋南北朝时期的文论家们对于文学的审美特征，对于文学想象，皆有着不同于两汉的新见解。曹丕提出"诗赋欲丽"，首先打破了传统偏见，为文学的声韵辞采之美赢得了合法地位。所以鲁迅说"华丽好看""是曹丕提倡的功劳"（《魏晋风度及文章与药及酒之关系》）。在曹丕之后，陆机提出"诗缘情而绮靡"（《文赋》）。萧统认为，文学应当"事出于沉思，义归乎翰藻"（《文选序》）。萧绎提出"至如文者，唯须绮縠纷披，宫徵靡曼，唇吻遒会，情灵摇荡"。这些看法，尽管有重形式之弊，却是对文学审美本质的深入认识，具有历史进步意义。

二、印度文学理论的辉煌

　　印度文学理论于公元 7 世纪时开始崛起，奏响了亚洲文论黄金时代的第二乐章，走向辉煌之巅。在这一时期，先后共出现了几十部重要的文论著作。其中较为重要的有：婆摩诃著《诗庄严论》（7 世纪）、檀丁著《诗镜》（7 世纪）、伐摩那著《诗庄严经》（8 世纪）、优婆吒著《摄庄严论》（8 世纪）、楼陀罗吒著《诗庄严论》（7 世纪）。

　　首先值得注意的是 7 世纪婆摩诃的《诗庄严论》。"庄严"（alarikara）一词的本义是装饰或修饰，译为"庄严"是沿用汉译佛经的译法。"庄严"一词既可指修辞方式，又可指装饰诗的因素，或形成诗的魅力的因素。许多庄严论著作实际上兼容这两种意义，既讲广义的庄严，探讨形成诗的魅力的因素，又讲诗的修辞方式。这是印度文论中"庄严论"的一个基本特征。婆摩诃《诗庄严论》即如此。《诗庄严论》共六章，分别论述了诗的功能、性质和类别、各种诗病、词汇的选择以及各种庄严（即修辞方式）。该书是对梵语古典诗学的初步总结，提出了"诗是音和义的结合"这一定义。这个定义成为后世许多梵语诗学家探讨诗的性质和理论的出发点，对后世诗学产生了深远影响。作者还指出："理想的语言庄严是音和义的曲折表达。"后世文论家多承袭婆摩诃《诗庄严论》的定义，只是表述上更严密一些。如伐摩那在《诗庄严经》中说："诗是经过诗德和庄严装饰的音和义的结合。"恭多罗在《曲语生命论》中指出："诗是音和义的结合，体现诗人的曲折表达，使知音欢愉。"

　　《诗镜》是与《诗庄严论》同为现存的印度古典诗学中最早的著作之一。本书是印度古代早期文学理论的一个总结，是一部总结前人、影响后代的重要文论著作，约成书于 7 世纪，后传入西藏，约 13 世纪时译为藏文。鉴于《诗镜》的地位及影响。《诗镜》为诗体，共三章，660 节诗，实际上是一本作诗手册，着重于诗的形式技巧问题。这里的所谓"诗"（kavya），是指广义的诗，包括诗歌、散文、小说、戏剧，实际上是指文学，这与西方亚里士多德《诗学》中所说的"诗"的内涵相似。与西方稍不同的是，印度的诗，又专指古典文学作家的作品而言。诗是什么？《诗镜》认为，诗就是"语言所构成"，诗的形体就是表达某种意义的"词的连缀"，是词与义结合成为诗句。诗体分韵文体、散文体和混合体，散文体又分为故事和小说；从感觉上分，又有供听的诗和供看的戏之别。从这一观点出发，《诗镜》花了大量篇幅论述修辞法。

产生于公元 9 世纪的《韵光》是印度文论史上一部杰出的、影响深远的著作。《舞论》详细论述并确立了印度文论的核心理论"味论"，而《韵光》则确立了印度的另一核心理论"韵论""味"与"韵"成为印度古典文论的两大支柱，再加上"庄严论""曲语论"等理论，构成了印度文学理论的宏伟大厦。而阿难陀伐弹那（欢增）的《韵光》，正是"韵论"的奠基石。

三、中国文学理论的持续发展

与阿拉伯帝国并肩屹立的是强大的唐朝，这也是一个国力强盛，文化繁荣的文学黄金时代。

公元 6 世纪至 13 世纪，相当于中国的唐（618—907）、宋（960—1279）时期或者说是隋、唐、五代、两宋时期（581—1279），与西方的中世纪大体相当。

唐代是中国诗歌的黄金时代，名家辈出，诗体大备，五言、七言、古诗、律诗都在这里争奇斗艳，竞吐芬芳。诗圣杜甫、诗仙李白以及王维、白居易、李贺、李商隐等诸多名家令人叹为观止。继起的宋代，文学艺术亦不逊色，"唐宋古文八大家"，唐占其二（韩愈、柳宗元），宋占其六（欧阳修、苏洵、苏轼、苏辙、王安石、曾巩）。宋诗自有品格，宋词更加光彩，豪放与婉约，皆名家辈出。唐宋小说开始兴盛，戏剧也迈开步伐。在文学繁荣的同时，唐宋的文学理论也颇具特色。大略而论，约分两大派。一为复古载道派，主张文艺为政治服务，为伦理教化服务；一为缘情妙悟派，倡导文学的审美特性，探讨文学的本质规律。其占统治地位的，是复古载道派。因此，我将这一时期的中国文学理论发展特征总结为文学观念复古期。

中国文学理论的复古期，大致开始于隋，经唐至宋，近 800 年。在整个复古期，占主导地位的文学思想是恢复秦汉时期为政治而艺术，为伦理道德而艺术的观念，高举"文道论"大旗，批判魏晋南北朝主文畅情的审美文化，反对"缘情绮靡""绮縠纷披""情灵摇荡"的文学观念，严厉批判六朝"嘲风月，弄花草"的审美倾向，反对"以文害道"，主张文艺应当教化百姓，"救济人病，裨补时阙"。当然，这种复古的文学观念，不可能完全与秦汉一样，时运交移，质文代变，从隋唐至宋，"文道"之"道"，或许已是各道其所道。但有一点是基本一致的，即文学要为现实政治教化服务。

第三节　东西方文论的潮起潮落

自 14 世纪起，沉睡了上千年的西方文论被文艺复兴的狂飙刮醒，又重新开始崛起。文艺复兴（14—16 世纪）是欧洲新兴资产阶级的思想文化运动。一般史学家认为它是古代文化的复兴，因而得名。文艺复兴是一次典型的文化转型，即由中世纪的天国神学文化转为世俗现实的人文文化。这一文化转型最初开始于意大利，以后扩大到德国、法国、英国、荷兰等欧洲国家，对西方文化产生了巨大的促进作用，并影响深远。西方文学与文论，在这一由天国神学文化向现世人生的人文文化转型之中，又重新崛起。历史的相似与巧合，又一次在这一时期（14—16 世纪）显现。与西方文艺复兴思想反叛浪潮遥相呼应，中国的明代，也产生了一股强烈的思想反叛浪潮。这一反叛浪潮针对禁锢中国人心灵的值化的儒学，倡导"童心""性灵"，促进了中国文化与中国文论的发展。与此同时，印度也产生了一股影响深远的思想反叛浪潮——虔诚派运动。这是一次被视为"异端"的宗教改革运动。虔诚派运动，对印度文化及文学与文论皆产生了重大而深远的影响。本节即以中、印、欧思想反叛浪潮的起落为主线来展开论述。

一、文艺复兴与西方文论的重新崛起

从中世纪的最后一位诗人，同时又是新时代的第一位诗人但丁（1265—1321）在他的杰作《神曲》中，给在世的教皇卜尼法八世在地狱中预留了一个位置时起，西方思想解放的历程便曙光初露。随着历史车轮的旋转，禁锢了西方人心灵上千年的基督教神学偶像终于开始崩溃了！在德国，由马丁·路德（1483—1546）领导的宗教改革，如狂飙一般席卷了整个欧洲大陆，异端思想风起云涌。人们大胆地站起来，勇敢地批判那曾经使人战战兢兢、五体投地的神学偶像。意大利作家薄伽丘（1313—1375）在《十日谈》中，以犀利的笔锋，讽刺教会和僧侣们的奸诈虚伪，腐败堕落。法国作家拉伯雷（1494—1553）在《巨人传》里，以夸张的手法，揭露教会和宗教教条扼杀人性、窒息科学，阻碍社会前进。荷兰人文主义思想家伊拉斯谟（1569—1636）甚至专门写了《愚人颂》，对神学偶像极尽攻击之能事。他指出，教会是虚伪的、残忍的，基督教教会是在血的基础上建立的，依靠血而壮大的。因此，神学实质上是"愚蠢和疯狂"。文艺复兴时期思想文化的一大共同特征是思想反叛浪潮的兴起。这种思想的反叛不但表现在对偶像的批判和对传统思想的叛逆，更重要的还体现在对新方法的寻求和新思想的建设上。

文艺复兴是西方思想学术文化的一大转折，这种转折，首先体现在方法论上。对自然的观察与实验代替了经院派的烦琐思辨，感性认识得到了空前的重视，归纳逻辑打破了演绎逻辑的垄断，因果律代替了目的论（天意安排说）。随着方法的更新，文艺复兴的思想文化产生了一股强大的新思潮，被神学长期禁锢的人性开始觉醒。

欧洲中世纪是神学的一统天下。在黑暗的岁月里，夜漫漫，路漫漫，人生下来就有罪，必须禁欲受苦，必须在威严的神灵脚下祈祷告饶，人性被异化了，泯灭了。文艺复兴的狂飙刮倒了神灵的巨殿，唤醒了长期被泯灭的人性。"我是凡人，我只要求凡人的幸福"（佩特拉克语）。在尝够了中世纪宗教禁欲主义的苦头之后，文艺复兴时期的学者们彻底否定了所有禁欲主义的观念。他们要求人的尊严，现实的幸福，人生的享受；要求充分满足人性的本能欲求，尽情地享用生活的美酒。震撼世界的西方文艺复兴，正是在神学的垮台、人性的觉醒中勃发的。薄伽丘、拉伯雷、乔叟、达·芬奇、莎士比亚这些伟大的文艺家们的笔下歌颂的正是世俗的人，描写的是人的本性，赞美的是人间幸福，男欢女爱。这种对人的真实描写，使他们的作品获得了永恒的魅力！

二、中国反叛思潮的涌起与文论的嬗变

西方文艺复兴时期，大致相当于中国的元朝（1279—1368）、明朝（1368—1644），历史的巧合又一次产生在这一时期。与西方文艺复兴遥相呼应，中国的明朝也产生了一股强烈的反叛思想浪潮。

明代文学理论的发展，既与元代、明代市民经济发展、市民文学艺术的勃兴（如白话小说、戏剧等）有关，又与王阳明心学密切相关。王阳明抛弃了程、朱理学的"格物致知"，提出知行合一的"致良知"。王学左派王艮等人进一步发展了王学的反叛性，形成了"非名教之所能羁络""掀翻天地"的思想反叛浪潮。

西方文艺复兴的反叛思潮，主要是针对禁锢人们精神的宗教神学。与之相似，明代思想反叛浪潮，主要是针对禁锢中国人心灵的僵化的儒家学说。实际上，自南宋陆九渊（1139—1191）创心学起，就已经开始从根本上动摇了儒家哲学基础。陈亮（1143—1194）、叶适（1150—1223）对孟子的批判，对程朱理学的揭露，对儒家经典的怀疑，已透露出反叛之先声。元代邓牧（1247—1306）著《伯牙琴》一书，批判专制统治，怒斥统治者与盗贼一样，"竭天下之财以奉身"。明代王阳明（王守仁 1472—1529）对朱熹理学的批判，又进一步动摇了儒学的根基。王阳明的学生王艮（1483—1541），则更趋向儒学对立面，"非名教之所能羁络"，而王艮的再传弟子李贽（1527—1602）则公开斥责六经《语》《孟》（即《论语》《孟子》）为假人渊薮，道学之口实。李贽指出："夫六经、《语》《孟》，非其史官过为褒崇之词，则其臣子极为赞美之语。又不然，则其迂阔门徒，懵懂弟子，记忆师说，有头无尾，得后遗前，随其所见，笔之于书，后学不察，便谓出自圣人之口也。"

在明朝嘉靖时期，产生了一个以革新古文理论，力图重申文道合一，再续古文正统的文学理论派别"唐宋派"，其主要成员为王慎中、唐顺之、茅坤、归有光等人。唐宋派也受到王阳明学说的影响，强调直写胸臆，提倡自然本色。唐顺之指出："近来觉碍诗文一事，只是直写胸臆，如颜语所谓开口见喉咙者，使后人读之，如真见其面目，瑜瑕俱不容掩。所谓本色，此为上乘文字。"（《又答洪方州书》）但唐宋派的直写胸臆，与李贽、公安三袁所强调的直抒胸臆有着本质上的区别。李贽、公安三袁是反对孔孟、贬斥道统，而唐宋派恰恰是为了捍卫道统，复兴儒学。唐顺之说："文与道非二也，更愿兄完养神明以探其本源，浸涵《六经》之言以博其旨趣。"（《答摩东雩提学》）茅坤指出："得其道而折中于六艺者，汉、唐、宋是也。虽其衰且弱也，不得而废也。"（《文旨赠许海岳虹台》）文是绝不能离开道的，"文特与道相盛衰"（《唐宋八大家文钞总序》）。在维护道统的基础上，他们力图重振自唐宋以来的古文运动，再续古文正统。这种重振，除了强调直写胸臆，自然本色外，还追求文章之神（精神，神采），注重错综之法。提出"诗贵意兴活泼"，反对拘守一种格调，重视词曲和民歌。显然，在时代大潮的推动下，即便想维护儒学，恢复传统，也不得不汲取新思潮，重视市民文学（词曲和民歌），这一点鲜明地体现在唐宋派的主张之中。

三、印度虔诚派运动对文学与文论的影响

在印度次大陆，此时期也产生了一股反叛思想浪潮，恰与西方的文艺复兴的反叛思想浪潮和中国明代的反叛思想浪潮同时涌起，使此时期成为世界文化史上继先秦、古希腊之后的又一次意味深长的文化同步现象。

这股反叛思想浪潮，即印度的宗教改革运动——虔诚派运动（Bhakti Movement）。大约于 12 世纪产生于南印度，于 14—16 世纪在印度广泛发展。先驱者为著名吠檀多哲学家罗摩奴阇。其代表人物是罗摩难陀、迦比尔、查伊塔尼亚、达度等人。该派代表下层人民利益，主张宗教改革，反对偶像崇拜和祭祀万能，认为祭祀礼仪是虚假的虔诚，膜拜石像是愚蠢。宗教沐浴、斋戒、朝圣等，都不过是表面的、虚假的圣洁，并不能真正涤除灵魂的罪恶。虔诚派反对种姓隔离，认为出身不能决定人贵贱，在神面前人人平等，而不取决于种姓高低和出身贵贱。真正决定人的贵贱的，是人的心灵，是人对神的虔诚，只要有一颗虔诚的心，诚心信仰梵及其化身，即可进入最高境界，获得人生至乐，即获得解脱。这种以"虔诚"心灵为基本出发点的反叛思想，与由王阳明心学"致良知"而发展起来的李贽的"童心"，公安三袁的"性灵"等反叛思潮，有异曲同工之妙。

虔诚派被视为印度教的异端，这与文艺复兴时期马丁·路德的宗教改革及中国明代李贽等人被视为"异端"一样，都充分体现了其反叛思潮的特征。但是，虔诚派有着广泛的社会基础，不但在下层群众中广为流传，而且产生了许多著名的思想家和诗人，为了宣传宗教改革，他们不但翻译了大量的梵文古典著作，而且写出了大量的诗歌和故事集，对印度文化产生了重要影响，成为印

度此时期文学的一大特征。虔诚派运动持续了近四百年，恰与西方文艺复兴与中国元、明时期相当。

　　印度的反叛思想浪潮，虽为宗教改革，但其根基仍然是宗教虔诚，因此，尽管虔诚派运动影响深广，但仍不可能走向以科学开路的近代文明之途。

第四节　西方文论的崛起与东方古典文论的终结

一、西方文论的高峰

17—19 世纪是西方文化走向高峰、西方文论异彩纷呈的辉煌时代，而东方文论基本上依旧沿着老路缓慢而行，虽不乏成就，却再也找不回昔日的辉煌，再也产生不了文论的高峰。东方文化与文论最后的一点成就犹如末世夕照，"夕阳无限好，只是近黄昏"。随着西方列强的军事侵略、政治压迫、文化殖民，整个东方文明陷入了严重的危机与困境之中。一时间"忽喇喇似大厦倾，昏惨惨似灯将尽"，东方文化终于从古代的辉煌之巅跌落下来，被西方文化撞击得鼻青脸肿，最终败下阵来。在西方列强坚船利炮的威逼下，东方被迫向西方学习，不得不求新声于异邦。

一般史学家认为，世界近代史始于 17 世纪的英国资产阶级革命（1640），结束于俄国十月社会主义革命（1917）。这与本书的分期（17—19 世纪）大致相同。在这一时期，西方社会进步迅速，革命不断，思想文化轰轰烈烈而又辉煌灿烂，西方文论也开始担任主角，登上高峰。

17—19 世纪的文学理论，正是在上述历史背景下展开的。文艺复兴时期，西方的文化中心在意大利，到 16、17 世纪之交，文艺复兴运动就已衰退，西方文化中心开始从意大利转移到法国。法国文学家与文论家们在 17 世纪领导了古典主义运动，在 18 世纪领导了启蒙运动，这两次运动都对西方文化及文论产生了决定性的影响。

法国古典主义的立法者是布瓦罗（1636—1711），其法典是《诗的艺术》，其理论的核心是"理性"。在《诗的艺术》第一章中，布瓦罗指出："要爱理性，让你的文章永远只从理性获得价值和光芒。"在理性的指导下，要注意"风雅""高尚"，文艺家要"研究宫廷，研究城市"，要注意人物类型，尤其是要向古典学习严格遵守各种规则，如："我们要求艺术地布置着剧情的发展；

要用一地、一天内完成的一个故事，从开头直到末尾维持着舞台充实。"这就是西方 17 世纪古典主义著名的"三一律"。法国著名古典主义剧作家高乃依，因为在悲剧《熙德》中没有完全遵守当时奉为圭臬的三一律，便受到了法兰西学院的申斥。

在英国，产生了一批经验主义哲学家，他们大都论述到一些美学与文论的问题，值得重视。培根（Francis Bacon，1561—1626）是"英国唯物主义和整个现代实验科学的始祖"。他对美学及文论的贡献主要在于他奠定了科学实践观点和归纳方法的基础，使美学才有可能从玄学思辨的领域转到科学的领域。他将人类知解力分为记忆、想象和理智三种活动，认为"历史涉及记忆，诗涉及想象，哲学涉及理智"，著有《论美》一文。与培根观点相近的有霍布士（Thomas Hobbes，1588—1679）、洛克（John Locke，1632—1704）。夏夫兹博里（The Earl of Shaftesbury，1671—1713）则是与霍布士、洛克相对立的剑桥派新柏拉图主义。他著有《论特征》一书，其中涉及美学问题，反对霍布士、洛克等人的经验主义思想，认为人天生就有审辨善恶、美丑的能力，并提出美的"内在感官""内在眼睛"的学说。夏夫兹博里的学说当时曾受到人们攻击，哈奇生（Francis Hutcheson，1694—1747）专门写了《论美和德行两种观念的根源》，为老师夏夫兹博里的学说辩护。

法国启蒙运动是 18 世纪资产阶级进步思想家所进行的思想文化教育运动，是法国资产阶级大革命的思想准备和理论基础。他们怀疑和反对教会权威与封建制度，主张民主政体或开明专制制度。其重要代表人物为伏尔泰、卢梭和狄德罗，而他们同时也是作家与文论家。

德国启蒙运动的主要文论家是高特舍特、鲍姆嘉顿、文克尔曼和莱辛。德国的启蒙运动是从法国古典主义引发的，由此产生了一场论战，即是应当向法国古典主义学习，严格遵守古典主义规则，还是应当遵循艺术规律，注重文学的惊奇、抒情与想象。这实际反映出正在萌芽的浪漫主义与即将没落的古典主义开始交锋了。高特舍特（Gottsched，1700—1766）所著《批判的诗学》，基本上是法国布瓦罗《诗的艺术》的德国翻版，对法国古典主义推崇备至。

如果将西方 17—19 世纪的文论比作世界文论史上的一座高峰，那么这座高峰的峰顶，就是德国古典美学。其代表人物除上述歌德与席勒外，其主将为康德与黑格尔。蒋孔阳先生指出，德国古典美学的历史地位，可以归纳为四点：①总结了以往美学的经验，特别是 18 世纪英、法、德三国美学的经验；②开启了 19 世纪后半期到 20 世纪资产阶级形形色色的美学思想；③把辩证法这一先进的方法全面地引进了美学研究的领域；④从 18 世纪形而上学的唯物主义美学到马克思列宁主义的美学之间，起了一个中介的作用。康德（lmmemiel Kant，1724—1804）是德国古典美学的开创者和奠基人。他的著作被海涅称为"一次精神革命"。黑格尔在《美学》中指出：康德的学说不但是"近代哲学的转折点"，而且是美学的"一个出发点"。

当 19 世纪德国古典美学达到高峰，当英、法、俄等国浪漫主义文论与现实主义文论成就辉煌之时，一股强劲的思想潮流在西方文坛开始涌动，这就是现代主义思潮。在法国，有所谓"当代第一美学家"波德莱尔，有著名诗人马拉美，有宣扬生命哲学和非理性哲学的哲学家柏格森；在德国，有唯意志论哲学家叔本华，有所谓西方"新时代文化的创始者"尼采；在美国，有爱伦·坡、爱默生、亨利·詹姆斯；在英国有王尔德；在比利时有梅特林克。他们当中，不但有不少是跨世纪的文论家，而且其思想多具有强烈的挑战性和反叛意识，是属于现代文艺思潮的先驱甚或主将。在 19 世纪与 20 世纪之交，西方现代文艺思潮的曙光已初露端倪。

二、中国文学理论的总结与改道

17—19 世纪，中国由明末进入清朝，其文论仍有起色，产生了李渔《闲情偶寄》这种堪与亚里士多德《诗学》及印度《舞论》比肩的戏剧理论著作；小说理论大有进步，金圣叹的小说评点新意迭出；诗文理论也取得了硕果，产生了王夫之《姜斋诗话》、王士祯《带经堂诗话》及叶燮《原诗》等有价值的文论著作。

清代诗论最具系统者，当推叶燮。其《原诗》是系统地深探诗学原理之著。《原诗》分内外篇，内篇上卷论述了诗歌发展史的"正变"，探讨了源流正变、因革沿创等文学发展规律；内篇下卷主要为创作论。叶燮提出，创作的客观因素为理、事、情，主观因素为才、胆、识、力，主客观交互作用，推动创作的发展。其中关于创作思维的研究，堪称中国诗论之精华。叶燮指出，诗歌非一般之言，而是非常之言，无理之理，是所谓"语言道断，思维路绝"而达到的至境。

清代的散文理论，影响最大者莫过于桐城派。桐城派三大主将方苞、刘大櫆、姚鼐都是安徽桐城人，故称桐城派。桐城派是清代再续古文正统的又一个文论流派。其"论文根极于道德，而探源于经训"。学行继程、朱之后，文章介韩、欧之间，在文论上创立了以"义法"为中心的理论体系。什么是"义法"？方苞指出："义即《易》之所谓'富有物'也；法即《易》之所谓'言有序'也。义以为经而法纬之，然后为成体之文。"（《又书货殖传后》）在论具体的文法时，方苞、刘大櫆、姚鼐都总结出了一些古文创作的规律。如刘大櫆指出："文法有平有奇，须是兼备。""行文之道，神为主，气辅之。神气不可见，于音节见之，音节无可准，以字句准之。"姚鼐提出的"阴阳刚柔之美"说，也颇有价值。清代还产生了与政教中心论不同的文论家章学诚。章学诚是继唐代刘知几之后出现的以史学理论家的眼光来研究文学的学者，提出了不少有价值的文学观点。其"文德论"论述深刻而独到。

中国古代文学理论发展的最后一个阶段是改道期。所谓"改道"是指清末西方文化凭借西方帝国主义的坚船利炮，轰开了中国文化堡垒，中国文学理论在西方思想文化和文学的冲击下，逐渐改变。至清帝国灭亡之后，五四运动高举"打倒孔家店"（传统文化的旗帜），彻底告别传统文论，一头扑向西方文论，在西方文论"浪漫主义""现实主义""象征主义"等洪流冲击之下，奔流了数千年的中国文论，终于大河改道，昔日的"一江春水向东流"变成了"一江春水向西流"。

第五节　东西方文论跨文化比较

一、东西方文论的共通性及其可比性

世界各民族文学理论体系各异，范畴不同，术语概念更是五花八门。人们往往会怀疑：讲"文气"、论"风骨"的中国古代文论，能否与谈"摹仿"、言"迷狂"的西方古代文论相沟通？谈"味"言"韵"的印度文论，说"技"讲"辞"的阿拉伯文论，喜"幽玄"论"风雅"的日本文论又能否与说"意境"重"文道"的中国文论、崇"结构"尊"系统"的西方文论相补充、互融合？这是值得我们关注的一个根本性问题。对属于不同文化渊源的文学及其理论的可比性及互相沟通的可能性，学界确有人持怀疑态度。例如，著名美国比较文学教授威斯坦因指出："我不否认有些研究是可以的……但却对把文学现象的平行研究扩大到两个不同的文明之间仍然迟疑不决。因为在我看来，只有在一个单一的文明范围内，才能在思想、感情、想象力中发现有意识或无意识地维系传统的共同因素……而企图在西方和中东或远东的诗歌之间发现相似的模式则较难言之成理。"这种看法，显然是站不住脚的。钱钟书先生的巨著《管锥编》，就是不同文明之间文学及其理论比较的成功典范。"这种比较唯其是在不同文化系统的背景上进行，所以得出的结论具有普遍意义。"因此，"中西文学超出实际联系范围的平行研究不仅是可能的，而且是极有价值的"。因而钱钟书先生才认为"文艺理论的比较即所谓比较诗学（Comparative Poetics）是一个重要而且大有可为的研究领域"。香港中文大学袁鹤翔教授指出："文学无论东西，有它的共同性，这一共同性即是中西比较文学工作者的出发点。"

不过，究竟东西方文学的"共同点"何在？或者说究竟东西方各民族文学及文论的可比性何在？中外文论互相沟通的基础又在哪里？尤其是这种跨越东西方异质文化的比较研究，其根本立足点何在？其基本理论特征及其方法论体系是什么？学界不但语焉不详，而且基本上处于一种理论上茫然无措的窘迫与困惑之中。

一般认为，亚里士多德等人所提出的"摹仿"说是西方古代最权威的艺术本质论。亚里士多德认为，艺术之所以是艺术，就在于它惟妙惟肖地复制自然（Poem is considered an imitation arepresentation, or a copy）。当然，这种摹仿应当是有选择的，应当描绘出事物的本质。这种主张艺术摹仿自然的文艺本质论，在西方古代占据着显赫的位置，从亚里士多德、贺拉斯、达·芬奇、锡德尼一直到布瓦罗，皆坚持这种基本理论倾向。不过，到了浪漫主义时期，西方文论倾向发生了根本性的转变，从摹仿外物跳到另一个极端——主张纯粹的主观表现。理论家们提出，诗的本质是"强烈情感的自然流露"（华兹华斯），认为艺术是创造，而不是被动地摹仿。甚至认为是自然复制艺术，而不是艺术复制自然（nature Copies art more than art copies nature）。至于西方现代文艺思潮，则将主观情感表现说加以进一步的发展，而西方现实主义文学，则继承了自亚里士多德、文艺复兴以来的再现性传统。

一般认为，亚里士多德等人所提出的"摹仿"说是西方古代最权威的艺术本质论。亚里士多德认为，艺术之所以是艺术，就在于它惟妙惟肖地复制自然（Poem is considered an imitation arepresentation, or a copy）。当然，这种摹仿应当是有选择的，应当描绘出事物的本质。这种主张艺术摹仿自然的文艺本质论，在西方古代占据着显赫的位置，从亚里士多德、贺拉斯、达·芬奇、锡德尼一直到布瓦罗，皆坚持这种基本理论倾向。不过，到了浪漫主义时期，西方文论倾向发生了根本性的转变，从摹仿外物跳到另一个极端——主张纯粹的主观表现。理论家们提出，诗的本质是"强烈情感的自然流露"（华兹华斯），认为艺术是创造，而不是被动地摹仿。甚至认为是自然复制艺术，而不是艺术复制自然（nature Copies art more than art copies nature）。至于西方现代文艺思潮，则将主观情感表现说加以进一步的发展，而西方现实主义文学，则继承了自亚里士多德、文艺复兴以来的再现性传统。

日本古代文学理论，虽受中国文论影响较大，但在文学本质的看法上，仍有着自己的特色。铃目修次教授在其所著《中国文学与日本文学》一书中曾谈到一些主要文学观念的差异。例如，中国文学本质论强调感物抒情，主张从心物交融、情景交融之中，寻求一种意味隽永的意境之美。日本文学，也具有这种倾向，但与中国相比较而言，日本更倾向于一种"愍物宗情"的情味。所谓"愍物宗情"，难以确切对应地译成中文，"物"指客观对象，但这种客观对象与主观感情的合一又不同于中国的物我交融，而是带有特定色彩，因此，此中饱含着"日本式的悲哀"，包孕着含蓄、细腻、唯美的色彩。他们觉得文学最重要的是写出纤细的心灵颤动，认为如果不巧妙地写出含蓄、柔弱、羞涩、腼腆等细微的心灵颤动，就不能成为好文学。

尽管世界各民族文论寻求艺术审美本质的途径不尽相同，但是，共同寻求文学艺术的审美本质这一点却是相同的。尤其应当指出的是，世界各民族文论从不同的路径，却发现了某些共同的艺术本质规律。例如，理论家们都发现，艺术美的奥秘，在于从个别中见一般，从偶然中见必然，在于"以少总多""象外之象""韵外之致"，在于"暗示义"，在于"有限之中达到无限境界的愉悦"，或者说，艺术之生命，正在于把深广的社会生活内容和具体鲜明生动的形象结合起来，集中提炼到最高度的和谐统一，使之具有巨大的信息量和无限的包容性。

二、东西方文论的异质性及其跨文化比较

当我们以总体文学的眼光回首审视全世界古代文论之发展历程时，或许会从中得到一些前所未有的启示。中国、西方及印度这三大文学理论体系各具特色，既有共同或共通之处，也有相异之处。大致说来，在文艺的主客体关系上，西方古代文论偏重于摹仿现实，这反映在古希腊亚里士多德等人所提出的"摹仿"说以及文艺复兴时达·芬奇等人所提出的"镜子"说上。西方古代文论大家几乎无不遵循摹仿自然这条原则。如贺拉斯、布瓦罗等人。而中国则偏重于主观抒情言志，从中国诗论的"开山的纲领"——"诗言志"起，经《乐记》的"物感说"、陆机的"缘情说"、严羽的"妙悟说"直到清代的"神韵说"，无论这些理论在内涵上有多大的区别，但都偏重于主观情志的抒发。印度文论在主客体方面有近似西方的地方，如《舞论》提出的"戏剧就是摹仿"这一论点。但在论"情"是"根"，一切"味"由"情"产生方面与中国文论所说的"情动于中而形于言"有相通之处。

从文艺的功用上看，中国古代文论更注重文学的教化功能，提倡文学应当"经夫妇、成孝敬、厚人伦、美教化、移风俗"，主张"原道、征圣、宗经""文以载道"，在某种程度上，将教化作为文艺的根本目的了。西方虽不乏教化说，如柏拉图的看法及贺拉斯的"寓教于乐"论，但相比较而言，西方文论对教化的功能没有中国这样强调，而是较为强调文艺的审美娱乐功能。如亚里士多德的"katharsis"（宣泄），虽然可能有教化之意，但更多的是通过情感宣泄而获得一种美感享受，所以他要求悲剧要通过"突转"等手法，给人以"惊奇感"。文艺复兴时的文论家们甚至提出"欣赏"——这就是为着一件事物本身而爱好它，不为旁的理由。与中国和西方比较，印度文论既不像中国文论那样以教化为根本，也与西方不完全一样，印度文论较重的是文艺给人的知识，同时，在获取知识的过程中得到教谕与审美的快乐。《舞论》认为："戏剧将编排吠陀经典和历史传说的事，在世间产生愉乐。"

三、希腊哲学的"爱智慧"与文论的科学理性色彩

毫无疑问，某一民族，或者说某一文化圈的哲学发达与否，将直接影响其文学理论的形成和发展，并决定其深度与广度。因此，欲深究各文化圈的文学理论特色，首先必须了解其哲学理论特点。下面，试就古希腊、中国、印度三大文化圈早期哲学的特点，来比较探讨其早期文学理论的民族特色。

"哲学"一词，古希腊称为爱智慧。就"爱智慧"这一点而言，中国、古希腊、印度这三大文化圈的哲学家们的看法基本一致。中间的"哲"字，正是智慧之意。《尚书·皋陶谟》"知人则哲"，《左传·成公八年》："夫岂无辟王，赖前哲以免也。"故爱智慧有才智的人为"哲人"，精深的思虑为"哲思"。事实上，中国的圣哲们，都是力倡爱智慧的。孔子好学深思，认为"学而不思则罔，思而不学则殆"，主张"三思而后行"。孟子认为："心之官则思，思则得之，不思则不得也。"老子、庄子，无不以其深思玄辩见称于世，墨子、荀子的逻辑学思想（诸如墨子的"达名""类名""称名"，荀子的"共名和别名"，墨子的"或""假""辩""说"，以及"辟""侔""援""推"等逻辑术语和方法）都显示了诸子好学深思的哲人风度。印度哲学，从一开始

便指向"爱智慧",因为智慧就是"梵",所谓"大梵者,真也,智也"。所谓"《吠陀》中密义,《奥义书》秘旨,即是梵道源,大梵乃知此"。无论是"顺世派""正理派",其宗旨皆在求智慧。印度的"因明",更是推理求知的得力工具。所谓"现量""比量""喻量""声量"及"五支"的逻辑推论,确是求知识智慧的津渡。不过,虽然古希腊、印度、中国三大文化圈的早期哲人们都热衷于爱智、深思和求知,但是,这种求知、爱智和深思,无论是在目的上还是方式上都有很大的差异,正是这种差异,形成了中国、印度、欧洲哲学的不同特征及文学理论的不同民族特色。

四、中国哲学"政治教化"特点与印度哲学的"求解脱"特点及其文论特色

让我们回过头来看看印度与中国。与古希腊相比较而言,可以说印度与中国都缺乏西方哲学那种"因知识以求知识,因真理以求真理"的精神。在印度哲人看来,知识本身并不是目的,求知识仅仅是手段,其根本目的在于求解脱,正是汤用彤先生所谓的"以智慧觉迷妄,因解脱而求智慧"。用《奥义书》的说法,智慧不过是驾驭身体的御夫,指挥着自我达到解脱,"知身为车乘,自我是乘者,智慧犹御夫,意思为缰索"。显然,知识智慧本身并不是目的,只是企望解脱的方法和手段。为什么会形成这种状况呢?细察印度各派哲学,皆有一个共同点:即以个体生存为苦,并力求探寻获得解脱此人生之苦的途径。正如汤用彤先生指出的:"印度各派均以个体生存为苦,而探讨离此之可能与否。早在吠陀(奥义书)亦以为世间实无可乐。吠檀多亦持悲观,惟不显著耳。"然而怎样才能够获得解脱呢?"解脱生存系缚之方,不由作业。因善恶业均有果报,须再受生轮回,至无已时,亦不由道德之涤净,因此只于可变事物中有之。而自我之于解脱,则实不变。故解脱不在发展或活动,而在拨开无明,了悟真际,故曰,一从智慧得解脱"。可见,求得解脱之途径,在于获得智慧。正是在这个意义上,印度人才如此高度重视智慧,才去"爱智"。也正是因为智慧是解脱人生苦海的津渡,印度哲学才得以勃兴并长盛不衰。在印度哲学最早的经典中,首先所追求的就是因知识以求解脱。例如,《正理经》开首的格

言中，便声称"有十六种知识导致解脱"。苏联学者柯勒尔吉·香柯维指出："就印度哲学体系而言，一切玄学思辨的产生，尤其是这种思辨的培育和发展，始终是由于信仰业的学说和企望摆脱'轮回'从而获得解脱。"这种为解脱而求知识的哲学特征，对印度文学理论产生了两方面的影响：一方面，因为求知识爱智慧是获得解脱之道，因此知识便得到了高度重视，求知识之得力工具因明学也得到了高度发展。因明学的条分缕析，影响到印度文学理论，使得印度文学理论产生了与古希腊相近似的一面，即追求系统的逻辑分析。例如《舞论》的全面细致而系统的结构和分析，《诗光》对于字词的精详"析义"，以及众多的"庄严"（修辞）"程式"等对艺术形式的条分缕析，皆注重通过逻辑所获得的知识。另一方面，由于智慧仅仅是手段，因此只要能达到解脱，也可以用其他方法和手段。于是乎我们在印度哲学中，可以发现条分缕析的因明论，文论中的庄严（修辞）论，同时也可以发现强调直觉感悟的禅观，强调直觉情感体验的"味论""韵论"等。正如汤用彤先生所说："欲达智慧，须诵吠陀，且有四需要：一分别常与无常，二舍离一切功德之享受，三得六法（安定、制感、舍弃、忍耐、三味、信仰），四亟求解脱。此外，本宗又以为作业可以节制情感，禅观可以渐起智慧。"可见，求得智慧不止因明一途，禅定静观，亦可感悟真谛，获得智慧。印度文学理论在更大程度上受这种神秘主义哲学思想的影响，其核心理论"味""情""韵"等，皆是突出例证。这种理论以直观感悟、意味玄远为宗，虽不似古希腊之说，却颇类中国古代文论的术语概念。

与古印度及古希腊哲学相比较，中国古代哲学又有着自己的独特之处。中国哲学既未走向"为知识而知识"之途，也不指向为解脱而求智慧，而是很讲实际的为现实人生而求知识，为政治仕途而求智慧。孔子好学深思，根本目的既不像德谟克利特那样仅仅为了"找到一个原因的解释"，更不是为了解脱人生苦海，而是为了政治功利，为了当官治理天下。孔子曾用十分形象的语言说明了这一点，"吾岂匏瓜哉！焉能系而不食"。孔子讲"仁"讲"礼乐"以及"发愤忘食"的目的，不是去钻研什么"地球是不是一团火"等问题，而是待价而沽，"沽之哉，沽之哉，我待贾者也"，以便实现他的政治抱负："如有用我者，吾其为东周乎"。孟子更是以学求仕，其官瘾和抱负皆不小，"夫天未欲治天下也，如治平天下，当今之世，舍我其谁也，吾何为不豫哉！"不过，孔子、孟子皆未能大展宏图，孔子仅仅当了鲁国司寇，摄行相事，并且没当多久便潦倒。孟子更惨，他虽精于"放心""善性"的探求，然只任过齐宣王的客卿，什么官也没有当上。于是乎，孔、孟只好与柏拉图一样，去搞教育。不过，他们念念不忘的还是治国平天下，不得志时，只好说"穷则独善其身，达则兼济天下"。固老子与庄子，大概是喜好"独善其身"的人。但老、庄表面虽不同于孔、孟，其实质却是一致的：《老子》满篇是不可道之"道"，大讲"无为"，其实正是为了"有所为"：满篇骂仁义，其实骨子里是政治权术。正如老子所说："是以圣人之治，虚其心，实其腹，弱其志，强其骨；常使民无知无欲，使夫志者不敢为也，为无为，则无不治"。《庄子》虽多"谬悠之说，荒唐之言"，但其要旨与《老子》相同，皆归于无为而治。正因为老、庄有此政治权术，其哲学尽管玄妙精深，却没有走向古希腊的为知识而求知识的纯哲理思辨。从另一面看，老子、庄子似乎有与印度哲学相似的悲观厌世思想，认为人之患在于生命本身。老子说："吾所以有大患者，为吾有身。"因为有身就有欲，有欲就有痛苦；有身就有死，有死就有悲哀。"人生天地之间，若白驹之过隙，忽然而已。已化而生，又化而死。生物哀之，人类悲之"，这颇似印度哲学中的以个体生存为苦的思想。然而，老庄哲学却并没有走向印度哲学那种求解脱之路，面对欲望与死亡的悲剧，老、庄既不是直面惨淡的人生，去勇敢地与命运搏斗，也不是以苦为乐，从饱受痛苦之中达到彻底的解脱，而是想方设法逃避欲望和痛苦。以知足无为、乐天安命来解决人生欲望，尤其是政治上的失意，"祸莫大于不知足，咎莫大于欲得，故知足之足常足矣"。这种"知其不可为而安之若命"的混世哲学，恰恰成为儒家"穷则独善其身"的最好补充。所谓"儒道互补"，正是在这个意义上得到最大的认同。中国古代文人，正是在政治抱负的得与失之间，在仕途的"穷"与"达"之间，奏出了中国文化的回旋曲。仅举白居易的诗作及其文论为例：一边是"惟歌生民病，愿得天子知"的"为君、为臣、为民、为物、为事而作，不为文而作"，即为政治功利"讽喻"的诗作；一边是"壮志郁不用，泄为山水诗"的缘情闲适之作。正如白居易自己所说："故仆之志在兼济，行在独善，……谓之讽喻诗，兼济之志也，谓之闲适诗，独善之义也"。"兼济"也好，"独善"也好，都指向政治仕途，无非是仕途得意时"吾为东周"（孔子语），并力倡文学为政治功利服务；仕途失意之时"弦歌不绝"（孔子），纵情山水，逃避失意的痛苦，并始终寄希望于君王，盼着有朝一日重新腾达，"身在江海之上，心居乎魏阙之下，此之谓也！"中国哲学的这种政治功利性，最直接地体现在"读书做官"的意识上。

"书中自有黄金屋，书中自有颜如玉"，这说得再明白不过了。中国人求知识、爱智慧的基本动机就在于政治功利，"万般皆下品，唯有读书高"，并不意味着知识高于一切，而是因为有了知识就可以做官，做了官，高尚一点的是为了兼济天下，实际一些就是为了"黄金屋"与"颜如玉"（美女）。为了这个目的，有的走科举正门，有的钻"终南捷径"，不一而足。拿这与德谟克利特所说的"只找到一个原因的解释，也比成为波斯人的王还好"的观念相比较，简直南辕北辙，水火不容！可见，同是"爱智慧"，古希腊、中国、印度各自走向了不同的道路。古希腊哲学走向了真正爱智慧，好寻根究底探寻规律的科学之路，以后的古罗马及近现代西方，正是从这条路上走过来的。其文学理论，也不可避免地闪烁着这种偏重条分缕析、探寻客观规律的科学主义色彩。即便是中世纪的神学文论，也仍然闪烁着比例与对称的科学主义观念。20世纪西方文论，更是浸透了这种科学主义精神。印度哲学则走向了以智慧求解脱的带有浓郁宗教色彩的道路，以后的佛教及印度教，正是从这种哲学土壤中培育起来，并且又进一步发展和强化了这种"以智慧觉迷妄，因解脱而求智慧"的哲学思想。印度的文学理论也受此影响，既有偏于"求智慧"的条分缕析特征，更有梵我合一的神秘主义"韵""味"。整个印度文学理论，始终闪烁着这种特色。中国哲学则走上了为政治而哲学，为做官而求智慧的功利主义道路。"达则兼济天下，穷则独善其身"，就是中国哲人的永恒模式，儒道互补的双重变奏，使得中国整个文学理论形成了"载道"与"缘情"两条主线此起彼伏、交叉发展的状况。正统的儒家文论（如《毛诗序》，白居易《与元九书》）与在野的缘情文论（如司空图《二十四诗品》、王夫之《姜斋诗话》等）无非是"达"与"穷"这两极心态的反映，而其根源是一致的，都与政治功利密切相关。区别只在于"达"时为政治功利呐喊，遂产生了"诗教""载道""教化"等文论观点；"穷"时为仕途失意而宣泄怨悱牢骚，所谓"发愤著书"（司马迁）、"不平则鸣"（韩愈）、"穷而后工"（欧阳修）等文论观点，就很能说明这一点，或者是"穷"之时放浪山水，纵情任情，产生了"韵味""意境""神韵"等理论。当然，这并不意味着中国文人就不为爱情、死亡而歌唱和哀叹，但其核心观念，总是与政治仕途密切相关。难怪中国的香草美人之喻往往暗指君臣关系；男女私情之作，亦往往指涉政治仕途；悲愁怨恨的，多是怀才不遇；兴高采烈的，往往是"金榜题名时"。中国数千年文学理论论争的核心问题，就在于要不要为政治服务以及怎样为政治服务。这一基本特色，确是与中国哲学特征密切相关。